KB238829

양창삼의 여덟 번째 시집

난 그저 그를 바라보았을 뿐인데

양창삼의 여덟 번째 시집

난 그저 그를 바라보았을 뿐인데

이담 Books

머리글

　시를 쓴다는 것은 자신과의 싸움이다. 고뇌가 찾아오면 시가 머리를 디밀고, 마음이 슬픔에 저리면 시가 노크를 한다. 기쁨과 환희의 순간에도 시는 큰 소리를 지르며 나를 쫓아온다. 난 그것을 거절할 수 없다. 집요하기 때문이다.

　그렇게 해서 일곱 권의 시를 썼고, 지금은 여덟 권째다. 시의 권수가 늘고, 시 수가 쌓일수록 지금까지 내가 무엇과 싸웠는가를 알 수 있다. 싸우기만 했을까. 시어는 때로 완패에 분노하고, 때론 다독이며 나를 진정시켰다. 그런 의미에서 시는 내 마음을 읽는 친구다.

　이번 책은 20년이란 간격을 두고 나오게 되었다. 그동안 한시도 시를 잊어본 적은 없지만 바쁘다는 핑계로 우선순위에서 제쳐놓았다. 그러면서 말했다. 조용해지는 어느 날 꼭 너와 만날 것이다. 그리고 남은 삶을 너와 함께 갈 것이다. 이 책은 그 약속을 지킨 증거물 가운데 하나이다. 약속을 지키게 하신 하나님께 감사할 뿐이다.

　첫 번째 시집과 두 번째 시집을 낼 때 청록파 시인 박두진 교수님이 그 시들을 읽고 제목을 정하며 서문을 써주셨다. 평론가 정한모 교수님도 첫 번째에 동참하셨다. 하지만 지금은 모두 다시 찾을 수 없는 분들이 되었다. 이 시집을 보면 뭐라 하실지 궁금하다. 내 시 세계를 조금은 아시기 때문이다. 이젠 기대어도 좋을 나의 언덕이 되신 그분들에게 다시금 감사를 드리고 싶다.

오늘도 시가 일상 언어로 말을 걸어온다. 젊었을 땐 그토록 어려운 말들을 토해 대화를 어렵게 만들더니 언제부턴가 쉬워졌다. 자연스럽게 함께 노니는 것도 편해졌다.

이번엔 시 105편을 내놓는다. 뒤로 갈수록 최근과 가깝다. 많든 적든 나의 생각들이니 귀하다. 하지만 그것을 독자 앞에 내놓으려니 좀 쑥스럽다. 이만큼 나이가 들었는데 그런 생각을 하다니. 그래도 난 아직 어린가보다. 하여튼 좋다. 책장은 서서히 넘기시기 바란다.

2012년
양창삼

차례

가자 함께 꿈이 피는 산으로

아침
햇살
온몸에 받으며
길을 간다

오랜만에
시를 만난다
잠시라도
같이 걷고 싶다

새살 돋는 산에
시 한 줄 심을까
고랑에
찰랑찰랑 물을 댈까

이 길 저 길 따라
생각들이 분주하다

생각은
늘 달아난다
아주 멀리

삼 년 전 생각은
지금
어디쯤 가고 있을까
미소를 던지고 살짝 숨어버린
그 아름다운 생각은
지금
무엇을 하고 있을까

가자
가는 생각
끝자락 잡으러
더 멀리 가기 전에
하나라도 더
건져 올려야지

거리엔
플래카드가
색색으로 휘날린다
내 생각도 날린다

밖을 보라
저 너머엔 언제나 빛이 있다

동상이 나를 본다
사람들이 나를 향해 걸어온다

꿈이
보인다

미소를 진뜩 미금은 그 꿈이
세월을 뛰어넘어
나를 향해 달려온다

가자
함께
꿈이 피는
산으로

오늘 같은 날이면

오늘 같은 날이면
토방에 앉아
내 앞까지
찾아온 너를 보겠다

오늘 같은 날이면
마당에 서서
춤추듯
떨어지는 너를 보겠다

오늘 같은 날이면
토담 길에 나가
주룩 주룩
노래하는 너를 보겠다

오늘 같은 날이면
호숫가로 나가
네가 그려낸
그 수많은 동그라미를 보겠다

오늘 같은 날이면
죽방을 거닐며
잎가지에
축축 늘어진 너를 보겠다

비야
오늘은 무슨 사연으로 우느냐
기쁨이더냐
슬픔이더냐

오늘 같은 날이면
묻고 싶다
소리 내며 오고
소리 없이 가는 너에게

오늘은 왜 왔느냐고

그가 오면 겨울이 갈라지리니

오늘도
길가에 서서
하늘을 본다
땅을 본다

혹시
네가 온 것은 아닐까
혼자 묻는다

저 목 긴 나무에
물오르는 소리
들리지

내 마음에
강물처럼
출렁일 때마다
겨울이
쩍쩍 갈라진다

언제나
기다림에 지친 가슴에
입언저리 마르고

놓친 너를 찾아
밤새 헤매던
나는
오늘도
길게 목을 내민다
너를 향해

뉘 알랴만
새들조차
네 이름을 부른다

가리라, 가리라
창 밖에 네가 와
날 부르면

긴 기다림 벗어버리며

맨발로
맨발로
아
환희의 눈물 삼키며
널 향해 뛰어가리라

그가 오면
겨울이 갈라지리니

어두운 시절에도 꿈은 있어라

어두운 시절에도
꿈은 있어라

바람이어
호흡이어
쓰러진 그를 일으키라

걸음, 걸음에
희망을 피우라

어두운 시절에도
행복은 있어라

바람이어
호흡이어
쓰러진 그를 안으라

걸음, 걸음에
따스함이 배어라

들리는가 저벅저벅 올라오는 소리

긴 겨울이
마침내 옷을 벗고
색깔을 입는다

생기가
내 가슴 속에서
파릇파릇 돋고

따사한 볕에
아기는
얼굴을 든다

들리는가
저 깊은 땅 속에서
기지개 펴며
그가
저벅저벅 올라오는 소리

오늘 따라
하늘은
풀잎 닮아
더 파랗고

물기
차오름에
강물이 기뻐 소리친다

잔디도
이곳저곳에 자리를 편다

난
고향 툇마루에 앉아
그를 안아본다
아 그가 왔다

우리 안에 피는 것은 생명이라

미루나무 길에
어두움이 깔리는데

돌부리 채며
걷는 당신은
생명이라

눈발 날리는
차가움 앞에서도
시선은
사랑의 뿌리를 찾느니

함박눈 내릴 때
그 새벽길을
나
그와 함께 걸으리라

그때
우리 안에
피는 것 있으리니

생명이라
당신의 호흡이라

그 새벽길에
만난
생명이라

그가 화려한 옷을 입고

그가 화려한 옷을 입고 내 가슴에 들어온다
수줍은 듯 얼굴은 붉게 물들고
숨은 기쁨 감출 길 없어 마냥 미소가 꽃으로 피어난다

빛이 그 얼굴에 내려 쪼인다
사람은 그 빛을 피하려 들지만
꽃은 더 태양을 향해 고개를 든다

그의 살아있는 움직임은 어디에서 오는 것일까
저 화려한 그를 만들고 조종하는 이는 누구인가
그리고 우리 안에 그의 색깔로 물들이고
자꾸만 그에게로, 그에게로 가까이 가게 하는 이는
지금 어디에 숨어 있는가

하늘을 둘러보아도
저 산을 넘어보아도 그 이는 보이지 않네
그러나 그는 더 화려하게 웃고 있구나
그 웃음 속으로 들어가 보면 그를 만날 수 있을까
그 안쪽 열두 대문을 열고 들어가면 그를 만날까

꽃은 말하네
안으로 들어갈수록 빛은 더 밝아서
결국 아무것도 볼 수 없을 거라고
그 영광의 빛 때문에 육신의 눈은 상하게 될 거라고
그러나 자꾸만 그분을 찾으려 들면
내 안에 새로운 눈을 갖게 될 거야
그렇지 세상이 알 수 없는 그 눈동자로
그 이를 만나봐야지
영의 눈으로

그를 향해 더 가까이 가면
그에게 더 가까이 가면
그는 벌써 내 안에 계신다
큰 기쁨으로
내가 생각한 것보다 더 큰 영광으로
아 그래서
봄은 너무 그분을 찾기에 좋다

일 년의 반을 다 써버린 너에게

오월을 넘어
유월이 왔다
옷이 무척 가벼워졌다

어데 갈 것도 아닌데
마음이 바쁘다
막을 수도 없다

유월을 타고
여름이 먼저 손짓한다

눈짓 한번 준 적 없는데
어느 새 곁으로 왔다

여름 숨결이 느껴진다
실크 숨결이다

유월, 넌 뭐니
일 년의 반을 다 쓰고도
미안하단 말 한 번 안하고

하지만
내 잔고가 비어가도
난 결코 말하지 않을 거야
가난하다고

유월아, 한 가지만 묻자
넌 어데서 왔니
그리고 어디로 가니

대꾸할 네가 아니지
사람이 붙인 이름에

그래도 너를 만나 좋다
그대로 좋다

내 곁에서 놀다 가렴
춤추다 가렴

새들도 합창을 한다

자연은 대음악회장
새들은 늘 준비에 바쁘다
쑥새는 찟찟찟 삐요삐욧 바쁘고
개개비는 키욧키욧 쯔기쯔기 바쁘고
멧새는 쫀친 쫀친 쯔쯔쯧 소리 높다

키―코―키―고고고고 밀화부리 소리에
지로이지이 지로이지이 흰눈썹지빠귀 응답하고
쯔쯔 쭈쯔 쯔리이 촉새가 거든다
치이치이 쓰이쓰이 박새 노래하고
초촛초촛 찌찌찌찟하며 노랑 할미새 등장한다

추이이 추이이 노랑 턱멧새 하늘 찾아 헤매고
삣 삐요코 삐요 삣 삐요코 삐요 꾀꼬리 일러 준다
뻐꾸기 쿡쿡쿡 웃고
멋장이새 히훼 히훼 웃음을 감추지 못한다

게객 객객객객 목걸린 파랑새 소리
꼭로로로로로 호반새 음 굴리는 소리
삐이이요 삐이루루루루 직바구리 담 넘는 소리
삐삐 뿃뿃 삐삐 뿃뿃 굴뚝새 고적음 소리
까닥 까닥 꼭꼭 청딱따구리 고개 젓는 소리

자연은 대음악회장
쿠-쿠 루-쿠쿠 멧비둘기 높은 음성에
휘이 휘이 휘이 동고비 길 비켜가고
찌이지크 찌이지크 종다리 냇물 건널 때
참새들 짹짹이며 몰려가고
콩새는 찌짓 찌짓거린다

물총새와 동박새 삐이익 삐이잇 합창하고
찌찌찌찌 뾱뾱뾱뾱 꼬까참새 장단한다
큐리리릿 큐리릿 찌르레기 호기심에
딱새 힛힛힛힛 웃고
씨이이 씨이이 곤줄박이 눈총 준다

뒤늦은 방울새 또륵 또륵 키리 키리 운다
자연은 대음악회장
삶의 음악회

새들도 합창을 한다

그래 심술이 풀릴 때까지 그러고 있거라

내가 너무 하늘을 사랑한 걸 어떻게 알았나
오늘 아침 따라 안개의 질시가 심하다.

온천지에 연막을 친 것도 모자라
이따금 눈물까지 뿌려대니
몹시 마음이 상한 게 틀림없다.

네가 막는다고 하늘이 없어지는 것은 아니니라
네가 널 사랑하지 않는 것도 아니니라
너도 하늘의 일부인 것을 누가 모르리

가끔 네 속에 나를 감추고 멀리 가며
너 또한 보고 싶지 않은 것을 감추니
네게 감사할 것도 한두 가지가 아니지

그래 심술이 풀릴 때까지 그러고 있거라
나 또한 너를 보며 생각하지 않겠니
모두를 공평하게 사랑해야 한다는 것을

수년 수십 년 책 숲을 가노라면

가노라면
수년
수십 년
숲길을 가노라면

나무들이 인사를 한다.
그리곤
어느 날
말을 걸어온다.
나의 언어로

가노라면
수년
수십 년
책 숲을 가노라면

책들이 인사를 한다.
그리곤

어느 날
말을 걸어온다.
나의 언어로

오늘도
나무는 팔을 벌리고
책은 차렷 자세로
나를 기다리고 있다.

나무가 어떻게 인사를 하느냐고
책들이 어떻게 말을 하느냐고
묻지 말라

통하면
그들도 말을 한다.
나도 인사를 한다.
우린 친구니까.

하늘이 슬플 땐 비를 내린다

하늘이 슬플 땐 비를 내린다.
우는 얼굴 보이기 싫어
온통 구름으로 얼굴 가리고
펑펑 운다
대지는 하늘의 슬픔을 그냥 끌어안는다
그 순간 하늘과 대지는 하나 된다

오늘도 비가 내린다
슬픔이 줄지어 내린다

하늘과 땅은 친구야.
언제나 얼굴을 마주하는 친구지

요즘 하늘은 알고 있지
땅의 아픔을
땅은 늘 갈라져 싸우고 있어
그 위에 사는 사람은 말할 것도 없다
그곳에서 살아가는 것이 기적이야

하늘은 운다
그토록 아름다운 땅에
비를 내린다

하늘의 슬픔은 정작 하늘 때문이 아니야
땅을 보며
안타까움을 눈물로 토해내는 거지

그래서 사람은 우산을 쓰고 다닌다
하늘 보기가 부끄럽다지 아마

안개도 말할 거야
너희들 모습 모두 감추고 싶어
잠시 커튼을 친 거라고

오늘도 비가 온다
다 이유가 있다

그래도 대지는 대단해
눈물을 받아 꽃을 피워내니
하늘아
마음 놓고 울어
친구가 아니면 누가 울어주겠니

내 안에 떠다니는 생각의 꼬리에 비할까

세월은 늘 말하지

나만큼 꼬리가 긴 것은 없어

하루 가고, 이틀 가도 잡히지 않아

그것을 잡은 사람은 아직 없다

사람이 왜 지치는지 알아

다 그 꼬리 때문이야

사람들은 고백하지

아, 가는 세월을 잡을 수 없구나

세월은 사람의 얼굴에 깊은 골을 파고 말지

흔적을 남기는 거야

그래도 못 잡아

강도 말하지 자기 꼬리가 길다고

폭이 좁아 금방 잡힐 듯한데

굽이굽이 몸을 숨기고

시야 저쪽으로 꽁지를 뺄 땐

아무도 못 알아보지

배를 띄우게 하는 것도 술수야

결코 내 꼬리를 못 찾을 걸
비웃는 거지
그래서 강은 뱀 같이 약아

산도 소리치지
자기만큼 꼬리가 긴 것은 없다고
이 능선 넘고 저 능선 넘어 봐
보이는 것은 능선, 또 능선이야
넌 몰라
네 시선 밖 저쪽엔
얼마나 많은 능선이 있을지
사람들은 그것을 확인하러 산을 오른다
오늘도, 내일도, 모레도
그때마다 산은 거만해지는 거야
그래서 배불뚝이가 됐어

길도 질세라 소리 지르네
세상에 자기만큼 긴 꼬리는 없다고

길은 꼬리에 꼬리를 물고
지구를 덮고 있지 않나
그래 길처럼 꼬리 긴 것이
세상에 또 어디 있을까
사람이 다니고 다녀도 끝이 없어
그래서 사람들은
길에서 방랑자가 되는 거야
오늘도 길을 가고 있어

마침내 생각이 코웃음 치며 말하지 않겠나
세월의 꼬리, 강 꼬리, 산 꼬리, 길 꼬리
아무리 너희 꼬리가 길다 해도
내 안에서 무수히 떠다니는
생각의 꼬리에 비할까
나는 한순간에도 그 먼 화성을 몇 번이나 다녀오지
하루에도 수백 번 천국과 지옥을 오간다

세월, 강, 산, 길 모두
생각 앞에 꼬리를 내린다
생각만큼 긴 꼬리가 어디에 있을까
그래
이제 생각이 대장이 되었다

그런데 갑자기 어디선가
큰 소리가 들리는 거야
생각아, 너도 끝이 있어
세상엔 영원한 것은 없는 거야
다 피조물이거든
그럼 누가 대장이란 말인가
생각이 당황하기 시작했지
오늘따라 심란해진 저 모습을 봐
믿을 수 없다는 거지
그 사이 세월도, 강도, 산도, 길도
서로 밀치기 시작했다
전쟁이 났어, 전쟁이

교만은 늘 전쟁을 불러와

몸통이 부딪치면서
상처가 여기저기 나기 시작했지
짧은 생각도 긴 생각에 치여
중상을 입었다는군
내전이 따로 없어

그래 오늘은 여기까지야
휴전하기로 했지
그리곤 서로들 말하기 시작했어
서로 물고 싸우면 손해야
이젠 삶의 방법을 달리해야 해
그 알량한 꼬리, 자랑해서 뭐에 쓰는데
있는 그대로 보고 서로 안아주면 안 되나
사랑하고 격려하면 골진 상처도 곧 펴질 거야
그게 좋겠어. 그게 답이야
그래 모두 동의하는 거지

이젠 서로 꼬리 내리기야

해와 달이 왜 교대로 뜨는지 알아
그 약속 깨뜨리지 못하도록
두 눈 부릅뜨고 지켜보는 거지
별들은 촛불 반짝이며
응원하고 있는 거야
그래 네 꼬리 그대로 좋아
인정할게

낮엔 푸른 하늘을 마시고 밤엔 별을 세며

생각이 나나
번지가 없는 나라
그 노란색 집 옆의 주홍색 집 이층집
그곳에 부부가 살고 있었지
딸 하나 두고

둘은 늘 우주를 여행하는 꿈을 꾸었어
낮엔 푸른 하늘을 마시고
밤엔 별을 세며
오늘은 어느 별 사이로 날아갈까 셈했었지

둘은 진짜 여행을 떠나게 되었어
지구를 떠나는 날
두 손을 흔들며 너무 좋아했지
그 모습 기억나니
다시 돌아오지 않을 것 같은 모습을

그런데 황홀한 쪽빛 사진과 함께
고통의 신호를 보내기 시작했어
물도 떨어져가지
공기도 맞지 않지
딛고 설 땅도 없다며
지구를 그리워하기 시작한 거야

생각과는 달리
우주는 알 수 없고 너무 요란하데
운석이 머리를 깨뜨릴 듯
돌진해오지 않나
늘 무섭고 아찔하다는 거야
난 잠이 오질 않을 것 같아

화성을 지날 땐
화산 폭발로 선채가 타버릴 것 같았데
그 이글거림이
마치 자기를 잡으러 오는 손 같더래

드디어 어느 혜성에 도착했는데
발을 딛자
푹 꺼지고 말더라나
뭐 이런 땅이 있담
놀라서 금방 자리를 떠야했대
근데
그분들 언제 돌아오는 거야
모르지
투덜대면서도 오지 않으니
또 다른 지구를 찾는다고 했으니
시간이 필요할지 몰라
하지만 곧 올 거야
지구가 이곳 말고 더 있겠나

어제
그 딸도 편지를 보냈다던데
정말 보고 싶다고
딸 이름이
지구라 했지 아마

가는 하루의 손을 놓으며

노을이 하루를 마치며
붉게 물들고 있다.

강가에 사람보다 긴
그림자들이 선다.

사람들은
아무 말 없이
걷는다.

하늘엔
오늘의 흔적이
가지가지 색깔로 풀어진다.

난 미소를 섞어
가는 하루의 손을
조용히 놓는다.

이렇듯 세월은 가고
그리움만 남겠지.

그래도 아쉬움을 지울 수 없어
강가로 나오잖아.

나도 때론
나를 이기지 못해.

그래서
오늘도 강가에 나와
나를 띄우는 거야.
지금

노을은
울고 있어.

너는 찰랑거리는 치마 끝

순간은 원하지
내 찬란함이 어떠냐고
너무 빠르고
눈이 부셔 볼 수 없다.

순간은 찰랑거리는 치마 끝이야
땅에 닿을까
내 마음에 닿을까 두려워
잔바람만 일으키지.

순간을 사랑하지 마
넌 꼭 병을 얻을 터이니

그냥 지나가게 하면
몰래 돌아와 눈짓을 할 거다
그땐 모른 체해라
그럼 순간이 너를 사랑하게 될 거야
그게 차라리 나아

왜냐고
넌 유한하지만
순간은 무한해
혼처럼 별처럼 떠다녀
절대 이길 수 없지

순간은 늘 물어올 거야
나 어때
그럼 살짝 미소만 지어줘
그땐 넌 볼 수 있을 거야
넋 잃은 순간의 모습을·

그게 순간이야
시간조차 붙잡을 수 없어
짧게 붙인 이름

눈감으면 하늘 끝 보일까

눈감으면
하늘 끝 보일까
저미는 가슴 조이며
내 입 조금 열어 물으면
저 만치 선 산 몇 개가
대답으로 들어온다.

산다는 것은 반쯤 두렵고
반쯤 신기로운 것이 아니랴
그래서 차마 눈을 감을 수 없다.

더는 보지 못할 것 같은 사람을
종점에서 만나
두 손 쥐며
어이 떠날 수 있는가 묻는다.

눈감으면
하늘 끝 보일까

산다는 것이 무엇인데
내가 너를 보고 말하며
너를 생각하는 그 끝에서

조금쯤 마음 열어 놓고
너를 기다리며 생각한다
저 끝이 보일 것만 같은
삶 그곳에서
뒤돌아서며

들어온다 두어 자루의 꿈이

들어온다.
두어 자루의 꿈이
내 마음 깊숙이

간밤에
꼭꼭 잠근 문이
긴 햇살에
눈이 멀었던 게지

흘러들어온다.
저 하늘 끝에서

아픔처럼 매달린 생각들이
두 손 들어 막아도
창 하나 없는
내 가슴에 질펀하게

그리고
나를 녹인다.

내 시야엔 늘 창문 하나가 있다

내 시야엔 늘
하늘이 그림의 반을 차지하고 있다.
산은 움직이지 않을 듯 아래에 터를 잡고
그 사이 사이에 집들이 떼 지어 산다.
산꽃에 가려 제 색을 내지 못하는 새들조차
모두 자연의 일부 되어
지금 내 눈앞에 서 있다.

내 시야엔 늘
소리 내어 우는 자동차와
그 사이를 바삐 오가는 사람들이 있다.
예리한 시선으로
그들 속 깊이 비집고 들어가 보지만
어느 누구 하나 나를 의식하지 않는다.
사람은 왜 늘 쫓기듯 살까.
대답조차 없다.

내 시야엔 늘
나와 바깥을 가르는 창문 하나가 있다.
손길이 닿지 않으면 늘 그대로 있다.
하지만 자기 속살을 비어
내 눈을 밖으로 돌리게 하며
세상을 읽게 하는 재주가 있다.
때로는 너무 밝아 하얀 해와
하늘에 총총 뜬 구름 보여주며
무엇을 보는가 묻기도 하는 그에게
오늘은 대답해줄까.

내 시야엔 늘
그렇게 보이는 것으로 가득 차 있다.
늘 정면에만 익숙한 시선이니 탓하진 말자.
그러나 세상은 보이는 것만 있는 것이 아닐 터.
눈을 감으면 별처럼 뜨는 세계
그 속에 조각배 하나 띄우고 같이 가자.
생각의 바다 속 깊이, 그리고 멀리.

그땐 말하곤 하지
보이는 것이 모두가 아니야. 이 사람아.
눈을 감고 네 안을 봐.

내 시야가 달라진다.
그 순간 보인다.
하늘의 소리가.

어린 시절의 개울가 해평리 한 오리 길

내 어린 시절의 개울가에는
미꾸라지가 숨어드는 물길 속 작은 동굴과
비늘을 자랑하며 유유히 떠도는 송사리와 붕어떼가 있다.

첨벙 첨벙 내 발길질에 혼비백산한 물 방게가
그 작은 몸 하나 둘 곳이 없어 네트에 걸리고 만다.
그냥 놓아주자.
네 아름다운 검은 등을 보는 것만으로도 좋으니.

해평리 한 오리 길
그 자갈 밭길 끝에 모래톱이 길게 누워 있었지.
그 하얀 모래들은 지금 그대로 있을까.
도는 물길 따라 헤엄하다
죽을 뻔한 나의 과거도 보인다.

해가 산 위에 걸려 숨을 할딱이는 것 보이는가?
내 바구니 물고기도 숨을 할딱이고 있다.
사는 게 힘드나보다.

개울가 옆엔 늘 고개 숙인 벼들이 살아.
벼들은 왜 그토록 부끄러워할까.
난 벼를 향해 말하곤 했지.
나도 너처럼 어른이 되고 싶다고.
그런데 왜 그때가 그리울까
지금은.

어린 시절의 개울가로 오렴
거기서 만나자.
물 첨벙이며 함께 뛰자.
모래 톱 위에도 발자국을 남기자.
비록 다시 지워진다 해도.

당신이 기다릴 것 같아

아래서 보면 당신은 정말 큰 배입니다.
높은 곳에서 보면 당신은 한 점입니다.
돌려서 보면 당신은 길목에 서 있습니다.
그러나 당신은 변함이 없습니다.

왜 난 당신을 바라보고 있을까요
오라 한 적도 없는데
난 늘 당신의 대문을 열고
오늘도 당신 속으로 들어갑니다.

멀리 있어도 생각하지요
그 사람은 지금 거기 있을까
아이들은 아직 그 방에 있을까
다들 커서 훌쩍 달아난 새가 되었는데도
난 늘 어린 생각을 그 집에 묻습니다.

지금 멀리서도 당신을 생각합니다.
오늘도 나의 발걸음은 당신을 향하겠지요.

당신은 아무 손짓도 하지 않았는데
당신은 이미 그리움이 되었습니다.
아니 따스한 보금자리가 되었습니다.

당신의 이름은 집입니다.
한번도 고향이라 불린 적 없지만
당신은 언제나 고향보다 가깝습니다.
전 지금 그 집으로 갑니다.

당신이 기다릴 것 같아
당신이 서 있을 것 같아

추억이 달이 되어 뜰 때

세상이 빛과 같이 오는가
늘 파란 마음은
저 하늘 끝에서 아지랑이처럼 매달리고
우린 가슴을 열지 못한 채
누워있다
아픔은 끝에서 몸을 움츠리고
가을 끝에 선 추억이 달이 되어 뜬다

아직도 기다림에 선 여인의 좁은 가슴은
더욱 팔딱이고
몰래 숨어든 생각은
한없이 나의 창문을 두드린다

어디선가 나를 부르는 아침 햇살에
나는 두 팔을 벌린다

너의 꿈이 조금쯤 나의 영상으로 밀려오면
튀는 가슴 지울까
무엇이 우리를 겁나게 하는가

밀어 제친 꿈 사이로
나의 과거나 나풀거리고
호박가지 말린 대 위에 내가 누워있다

아침에 오라
우리 서로 차를 마시고
두 손을 꼬옥 쥔 채
미더운 생각을 하나씩 모으자

왜 우리는 그리도 떨어져야 하는가
묻는 물음 뒤에 항상 울음이 반쯤 채어있는 사람
고개 넘어 하얀 집 그리며 살다가
훌쩍 떠나버리듯 지금 없는 사람 생각하며

눈을 들어 보라
눈을 들어 보라

멀리, 더 멀리 가려하는 너 이름이 무엇이냐

숨길수록 더 목이 길어지는 것
잡아넣을수록 더 삐져나오는 것
네 이름이 무엇이냐
광주리에 담을 때마다
넌 몸을 뒤틀고
자꾸 하늘을 향해 달아나려 한다.

하늘은 더 빛을 강하게 내리고
사람들마다 어찌할 수 없어
축축 늘어지는데

가만있지 않고
널 잡는 손마저 뿌리치며
멀리, 더 멀리 가려하는 너
이름이 무엇이냐

세상이 어디 그냥 있다더냐
우주는 요란한 소리를 내며
별들은 이리저리 떨어지는데

그것이 무슨 대수냐며
미꾸라지마냥
용트림하는 너는 누구냐

그럼에도 넌 자지 않고
내 주위를 맴돌며
기웃거리다
웃고 지나가고

늘 버릇없이 살면서
자주 날 버릇없다 놀리는 너
이름이 무엇이냐

마음을 읽을 수 있다면

마음을 열어 볼 수 있다면
아니, 그것을 읽을 수 있다면
사람들은 뭐라 할까

그래
얼마나 멋있을까.
재미있을 거야.
더 이상 고민하지 않아도 될 것 같은데.

정말 그럴까
노인이 고개를 가로 저으며
엄히 말한다.
감당할 수 없는 비극이 시작될 거야.
왜 신만이 마음을 읽을 수 있는지 알아.
그래야 인간이 안전할 수 있기 때문이지.

그런데도
사람들은 오늘도

가슴을 열어제키며
알아 달라 한다.
이해해 달라 한다.

어찌 해야 할까
그 마음을.
읽어야 하나.
보지 말아야 하나.

미안하다.
사랑엔 눈을 뜨고
미움엔 눈을 감으리라.

아픔까지 멀리 가져가지

내 마음 한구석엔
물 샘이 있다.
그것을 꼭 너에게 주고 싶다.
그 깊은 맛이야
아무도 감출 수 없지.

필요하다면
꼭 나에게 말해다오.
그 물을 마시며
넌 나를 느낄 수 있을 거야.
내 꿈까지.

물은
자기를 설명하지 않지
그냥 흐를 뿐이야
그런데도
갈증은 물론
마음의 아픔까지
멀리 멀리 가져가 버리지.

물이
어떤 몸짓을 해도
놀라지 마.
그건 절대 유혹이 아니야.
널 위한 춤이지.

춤이라고
너무 얕보지 마
나를 점령하고
너까지 포로로 만들 터이니.

그 이름이 뭐냐고
춤이지 뭐
우리 모두 하나 되게 하는 춤
생명을 주는 춤
꿈을 주는 춤

가슴이 아파올 땐 가슴을 안아라

가슴이 아파올 땐
두 손을 꽉 쥐고 가슴을 안아라.
응어리진 가슴은
네 따뜻한 손에 한 올씩 녹는다.

가슴이 아파올 땐
네 마음 풀어 제키고 실컷 울어라.
울음은 신이 창조 때부터 준 선물이려니
눈물을 닦아낼 때마다 네 아픔도 씻겨 가리라.

가슴이 아파올 땐
눈을 감고 하늘을 향해 입을 열어라.
말 못할 가슴은
그 열린 문으로 인해 숨통이 트인다.

가슴이 아파올 땐
너를 바라보는 친구에게 마음을 토하라.
마음이 너른 친구는
그 큰 그릇으로 네 응어리를 담아낼 것이다.

가슴이 아파올 땐

높은 산에 올라 소리를 지르라.

네 아픔을 전하던 산은

숲을 세워서라도 너를 끌어안고 울 것이다.

가슴이 아파올 땐

함께 해온 시간에게 몸을 맡겨라.

미래로 손잡고 갈 그 시간은

썰물을 타고 저 넓은 바다로 너를 데려갈 것이다.

가슴이 아파올 땐

절대 희망의 끈을 놓지 마라.

너는 그것으로 인해 지금까지 살아있고

그것 때문에 더 살아갈 이유가 있으니.

그 마음이 없다면 하루를 살 수 있을까

꽃에 마음이 있어
어두운 우리를 배려해주지 않는다면
과연 가는 곳마다 웃음 피우며
살 수 있을까

구름에 마음이 있어
무거운 우리를 걱정해주지 않는다면
과연 천근 배를 솜털처럼 띄우며
살 수 있을까

파도에 마음이 있어
파선된 우리를 다독여 주지 않는다면
과연 모난 나를 순간순간 감싸며
살 수 있을까

하늘에 마음이 있어
지친 우리를 구원해주지 않는다면
과연 밤마다 수없이 별을 띄우며

살 수 있을까

그 마음이 없다면
과연 우리는
하루를
살 수 있을까

내가 선 곳은 미래다

내가 선 곳은 들판이다.
너무 넓어
태양도 작아 보이고
나무도 작아 보인다.
그 속에 나는 없다.
점이기에.

내가 선 곳은 산이다.
너무 높아
위 끝은 하늘에 닿고
아래 끝은 뿌리다.
그 속에 나는 없다.
포로이기에.

내가 선 곳은 마음이다.
너무 깊어
그 속을 알 수 없고
들어갈지도 모른다.

그 속에 나는 없다.
흔들림이기에.

내가 선 곳은 네 앞이다.
너무 가까워
너는 커 보이고
나는 작아졌다.
그 속에 나는 없다.
침몰했기에.

내가 선 곳은 미래다.
너무 기이해
눈을 뜨기 어렵고
내심 너를 잡지 못한다.
그 속에 나는 없다.
멀리 섰기에.

묻는다.
난 지금 어디에 있을까
도대체 난 누구일까

북산가의 봄은 너무 짧았다

바람이 칼날을 세우는 겨울
본관동에 들어섰다
"음식 낭비는 죄악이다"는 문구를 바라보며
밥을 먹었다

그런데
우리는 왜 가슴 뿌듯한 마음으로
기쁨에 가득 차 있을까
"사랑과 정의가 입을 맞추고"
벽에 걸린 글처럼
정의와 사랑이
팔팔하게 살아있음을 보았기 때문일까

북산가의 봄은 너무 짧았다
"봄은 사흘뿐이었어"
사과배꽃이
사흘밖에 피지 않았기 때문이지

배꽃으로 흰 들판을 찍지 못했다며
푸념하는 소리가 들린다
그래도 민 언덕에
파란 물감 빈틈없이 칠하고
훌쩍 떠난 봄이 고맙다

만리장성 긴 복도 사이로
여름 햇살이 길게 들어온다
밖은 너무 강렬한 빛 때문에
때로는 나가기 두렵다

간호대 기공식 날
받은 햇볕고문은 잊을 수 없다
캘리포니아 날씨인지
연변날씨인지 구분이 안 간다며
날씨 칭찬을 했지만
그날
경과보고를 길게 읽어 가는 것이
어찌 그리 밉던지

그러나 사람들은 모두 기뻐했다
이 학교에 간호대학이 섭니다 간호대학이
모두가 무너지는 세상에
무언가 세워진다는 것은 얼마나 좋은가

봄 학기가 다 지나간다.
취직이 되어 먼저 떠난 학생들도 있다.
곧 떠날 선생도 있다.

떠남의 아쉬움이 배인 곳이지만
이 순간도
이곳에 오려 준비하는
사람들의 설렘도 커
기다림의 깃발은 쉬지 않고 휘날린다

겨울에 왔다가
겨울에 떠나 갈 사람
아직도 여름과 가을이 남았다.

계절의 행간에 무엇을 채울까
사랑을 채우고 싶다
저 파란 하늘에
희망과 기쁨의 연을 날리고 싶다

내 안에서 배려와 정직이 싸우고 있다

총신(總神)대학교는
Chongshin University다
발음하면 '총쉰'이다
왜 신이 아니라 쉰일까
이상하다
신은 sin과 함께 할 수 없기 때문일까

고신(高神)대학교는
Kosin University다.
왜 쉰이 아니라 신이라 했을까
신은 신이지
쉰이 될 수 없기 때문일까

어느 쪽이 바른 표현일까
아니면 둘 다 맞을까
내 안에서
배려와 정직이 싸우고 있다

아리스토텔레스를 만나다

알렉산더 대왕님. 당신의 스승 아리스토텔레스의 최근 소식을 아시나요. 손에 든 책이 점점 무거워지고, 그 맑던 머리도 혼란스럽답니다. 지혜가 도망할까 두려운 나머지 잠 못 이룬다는 소문도 있어요. 이제 그도 떠날 때가 되었다고들 말합니다. 떠나다니요. 아리스토텔레스가 어떤 인물인데요.

당신은 아시나요. 당신의 부하들이 점령지 도시 이름을 알렉산드리아로 바꿀 때 아리스토텔레스가 무슨 생각을 했을지. 왜 아테네란 이름은 한 곳뿐이어야 하는가. 그런 생각일까요. 그 많던 알렉산드리아는 어디 가고, 지금 이집트에 달랑 하나 남아 당신을 기억하고 있지 않습니까. 이 땅에서 영원한 것은 없지요. 하나로 족합니다.

알렉산더 대왕님. 함께 선생을 뵈러 가십시다. 이제 만나지 못하면 더 이상 그를 보지 못할 것 같은 불길한 예감이 듭니다. 그를 만나 무슨 말을 하겠습니까. 저야 시가 좋으니까 왜 당신은 시보다 시론 포에티카를 쓰게 되었는지 묻고 싶네요. 형이상학을 논하라고요. 아니요. 구름처럼 떠다니는 생각보다 우리가 발 딛고 서 있는 이야기가 쉽습니다.

아리스토텔레스 선생님. 요즘 잠 못 이루시나요. 플라톤이 어제 한 말 때문인가요. 아, 세상의 변화가 더 무섭다는 말씀이네요. 그래요. 지금은 옛 아테네가 아닙니다. 나라 전체가 이미 흔들리고 있어요. 밖에선 알렉산더의 위세가 더 요란하지요. 그래도 서운해하지 마세요. 희랍이 어디 갑니까. 헬레니즘으로 남고, 로마도 그것을 유산으로 삼을 거니까요.

선생님. 이젠 생각을 아테네에 묶어 두지 마세요. 당신의 생각이 세계화되는 것이 더 좋을 것입니다. 세상이 당신의 생각을 찾을수록 문명이 달라질 것입니다. 그리고 시간이 나면 시를 더 남기십시오. 당신을 시로도 만나보고 싶습니다. 당신이 시로 남으면 아낄 사람이 더 많아질 것입니다.

선생님. 우리 내일 또 만날 수 있을까요. 도서관엔 벌써 당신의 이름이 빼곡합니다. 논문에도 당신의 이름이 있어요. 직접 못 뵙더라도 당신과 대화할 수 있어 좋습니다. 그러나 당신이 없다면 그 모두는 독백이지요. 대왕님, 이젠 칼을 내려놓으시지요. 헤어지기 전에 화평을 부르는 차 한 잔 더 드리고 싶습니다. 한국 찹니다. 선생님께도 드렸습니다.

새로움에 말을 걸어봐

삶이란 원래 그런 거야
새로움에 대한 도전이지.

아기가 태어날 때 왜 우는지 알아?
비좁은 태방을 벗어난 감격 때문이야.
세상을 호흡하는 순간 너무 감격한 거지.
아, 이 날을 기다렸다 열 달이나.
사람은 갇혀서 못살아.

아이들은 왜 늘 놀려고 하지?
한마디로 지루함에 대한 저항이지.
부딪히고 터지지 않으면 정말 재미없어.
공부보다 더 재미있는 것이 놀인데.
부모만 그것을 몰라.
놀라 하면 공부할시 누가 알아.

사람은 왜 이성에 목을 맬까?
그거야 차이에 대한 경이와 새로움 때문이지.

여자가 남자와 같다면 눈길을 줄 이유가 없지.
차이가 애틋함으로 바뀌면
그리움이 바이러스처럼 퍼지지.
감성이 아니면 치유할 수 없어
사람은 그것을 사랑이라 불러.

기업이든 나라든 왜 혁신을 외칠까?
새것에 대한 열병 때문이지.
뉴스도 새것을 찾고
제품도 새것을 찾고
정치도 바꾸라 야단이야.
바꾸지 않으면 금방 죽을 것처럼.
우린 모두 방랑자야
늘 새것을 찾는.

그럼 죽음은 어떻게 생각해?
그것도 마찬가지야
육신은 자연에 맡기고

영혼은 빛으로 탄생하는 거야
영원한 새것으로.
처음엔 모두 주저하지만
빛은 늘 미소 짓게 하지.

삶이란 원래 그런 거야
새로움에 대한 도전이지.

그래서 인생은 아름답고
인간은 발전하는 거야.
새로움에 말을 걸어봐.

그 녀석 살고 싶은 게야

공부엔 전혀 관심 없던 학생이
급기야 커닝을 했다.
선생은 내심 미소 지었지
그 녀석 살고 싶었던 게야

착하기만 하던 아이가
이제 막 거짓말을 시작했다
부모는 혼내지 않았다
그 녀석 살고 싶었던 게야

나쁜 짓인데
미화하면 안 된다고?

병에 걸린 소설가
쓰기에 더 매달린 이유가 있다
살고 싶었던 게야

모난 내가
이렇게 시를 쓰는 이유가 있다
살고 싶은 게야

네가
그 일에 집착하는 이유
살고 싶은 게야

세상사 다 그래
살고 싶은 게야

꽃은 슬픔에 자리를 내어주지 않는다

꽃이 좋은 것은 늘 태양을 보며 살기 때문이다.

날이 좋으면 더 밝게 웃고

날이 흐리면 빛을 찾아 목을 더 길게 뽑는다.

그래서 태양은 기뻐 얼굴이 둥근가보다.

꽃이 좋은 것은 그 어떤 바람에도 일어서기 때문이다.

산들바람에 기꺼이 두 팔을 흔들고

강풍에 몸이 꺾여도 이내 곧추선다.

그래서 바람은 그를 내치지 못하고 지나간다.

꽃이 좋은 것은 슬픔에 자리를 내어주지 않기 때문이다.

혼자 있으면 외로움을 애써 접으며 웃고

둘이 있으면 기쁨을 버무리며 웃는다.

그래서 슬픔은 자리를 찾지 못해 떠다닌다.

꽃이 좋은 것은 처음부터 좋아했기 때문이다.

젊게 피어날 때 그 모습으로 좋고

주름진 날 있어도 그 모습으로 좋다.

그래서 꽃은 어떤 것으로도 대신할 수 없다.

꽃이 좋은 것은 언제나 나를 향한 믿음 때문이다.
부족해도 그 얼굴은 나를 향해 웃음 지으며
더 부족해도 나를 풍성히 감싼다.
그래서 나는 꽃을 늘 노래하지 않을 수 없다.

꽃의 이름을 묻지 말고 어떤 꽃인가 묻지 말라.
그 꽃은 내가 믿고 좋아하고 사랑하는 당신이다.
내가 노래할 때 당신은 꽃이 된다.
우리 안에 꽃집 하나 있어 늘 당신을 피운다.

깎아도, 깎아도 지지 않는 네 용기

턱수염을 지긋이 문질러 본다.
그래도 꼿꼿이 일어서는 너.
그때 알았지
네 까칠한 고집을.

가슴이 타오르고
머리가 생각으로 끓어오를 때
넌 내 친구가 된다.
너를 만지며
새로운 길을 찾는다.

시간은 너와 함께 간다.
하루를 지나면
아무 꾸밈없이 자라나는 네가 있어
내 꿈도 자라는 거겠지.

하지만 널 깎아야 할 때가 있어.
양복을 입어야 할 때

잠자리 들 때
널 잔인하게 거부한다.

하지만 난 웃고 만다.
하루가 지나면 밀고 나오는 네 모습에.
아니 박수를 보낸다.
깎아도, 깎아도
결코 지지 않는 네 용기에.

묻고 싶다.
넌 날 아니?

저 호수에 이는 파문을 따라가

밤이 오면
생각도 옷을 바꿔 입고
긴 팔도 접는다
쉬는 거지

때론
상처 난 생각들이
가로 막고 서지
참을 수 없다고

그때
가슴은 더 조여 오겠지만
참아

과연
살 수 있을까
걱정도 들겠지만
사는 것이

다 그런 것 아니겠어

늘 가슴 짓누르는
돌들일랑
이젠
편안히 내려놔

눈을 감아
그리고
저 호수에 이는
파문을 따라가는 거야

아침
햇살이 찾아와
네 이름을 부르면
그때
조용히 눈을 떠

그것이
너의 시작이야.
아픔일랑 접고
다시 시작하는
아름다운 시작

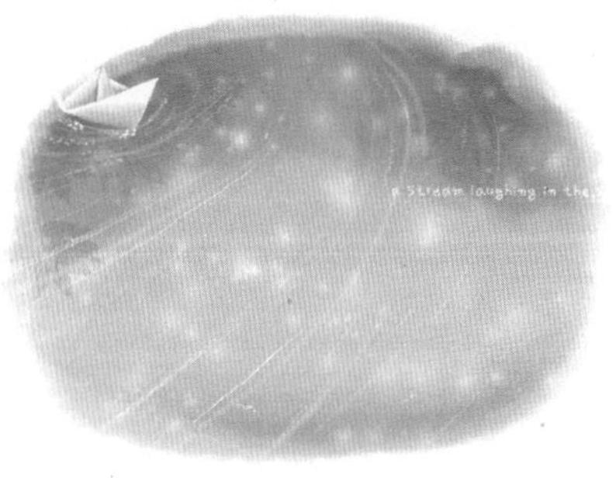

진정되면 이미 그리움이 아니다

그리움
그건 보고 싶어 애타는 마음이라지.
사랑하는 사람들
사랑하는 곳들

너와 헤어질 때
이미 넌
나의 그리움이 되었다.

생각할수록
쌓이는 그리움
그리움도 사랑이다.

애타는 마음
오죽할까
때론 타서 재가 된 것이려니.
그래서 누군가 말했지.
그리움에 안부를 묻지 말라고.

외로움도
그리움도
어쩔 수 없다면 떠나라 한다.

그것으로
그리움이 진정될까?
진정되면
그것은 이미 그리움이 아니다.

사랑한다 말할 수 있을 때

우리는 사랑한다.
그러나 영원히
그 말을
할 수 있는 것은 아니다.

언젠가 우리 모두 세상을 떠난다.
그때 남는 것이 있다.
사랑이다.

그래
말할 수 있을 때
들을 수 있을 때
말하라 사랑한다고

언젠가 병들어
발문을 남을 때
들을 힘조차 없을 때
아무리 크게 외쳐도
이미 늦다.

오늘 내가 감사한 것
하나 있다.

사랑한다 말할 수 있어서
감사하고
이 말을 들을 수 있는
네가 있어 감사하다.

말할 수 있을 때
사랑한다 말하리라.
들을 수 있을 때
더 그리 하리라.

네 눈이 나를 바라보며
내 마음을 읽어갈 때
사랑은 내 안에서
옥구슬 되어 빛난다.

아내는 봉사가고

일어나 보니
아내가 없다

아내가 아침 일찍
성남에 갔다
아동병원 이발봉사다

태풍 카눈이
서울에 왔는데
비를 맞고 갔을 터

밥상 위에
쪽지 하나가
날 기다리고 있다

여보, 빵은 토스트하고요
부침개는 데워서 드세요
오늘도 좋은 하루 되세요

아내의 글은
늘 사랑스럽다
난 하나도
잘 해준 것이 없는데

부침개를 먹는다
빵을 먹는다
아내의 사랑을 먹는다

가슴에
기쁨이 차오른다
벌써 좋은 하루가 되었다

도시인의 가슴은 어둡다

비록 내가 살고 있는 곳은 도시이지만
나는 언제나 푸른 바다의 일렁임과
가을 색 짙은 들판에 앉아 있다
그것은 나의 바람이겠지
아니면 환상이 섞여 있던가

어제 나는 한강 근처에서
황급히 내려버린 사람을 잊을 수 없다
앞 못 보는 그였는데
서럽게도, 서럽게도 내려버렸다
빌어먹는다는 이유 때문에
다른 차들이 그의 낡은 지팡이를
아슬아슬하게 비켜갔다
가슴이 철렁해지고
버스 안에서 한숨이 터져 나왔다
그래도 그를 몰아낸 술꾼은
큰 소리를 쳤다

지난 토요일 밤엔

난생 처음으로

지금까지 억눌린 말을 토해냈다

사람이 사람으로 살 수 없게 만드는

일을 놓고서

나의 목소리는 울분에 잠겨

반쯤 쇠해졌다

소리 값인가

사람 값인가

도시에 가로등 많고

방에 등불 많지만

도시인의 가슴은 어둡다

그래서일까

비록 나는 도시에 몸담고 살고 있지만

자주

먼바다를 생각한다

가을 색 짙은 들판을 생각한다

내가 갈 곳은 내 안에 있다

"나도 이루리." 한 무리의 찬송이 들린다
시험 보는 학생들의 펜 소리도 들린다
돌 돌 돌 돌
고요를 깨며 계속 가고 있다
길을 떠나는 사람들의 차 소리, 문 여닫는 소리
알 수 없는 대화도 내 귀에 담긴다

따가운 햇살이 여름 거리에 내려앉고
그 위를 사람들이 밟고 지나간다
아직 방학은 시작되지 않았는데
얼마 있음 매미 소리가 들릴법한 순간이다

엊그제 포항 거쳐 흥해 거쳐
동해를 보고 왔건만
또 떠나고 싶은 깃은
산과 들, 강과 바다
그 안에 가득한 푸름이 나를 기다리기 때문이다

두어 주만 더 기다리자
채점도 끝나고 점수까지 매겨지면
나는 조금씩 자유를 향해 끈을 풀리라
그때 내 안에 잠든 기다림을 깨우면
내 작은 자아는 긴 하품을 하며 실눈을 뜰 것이다

막상 간다 해도
갈 곳은 없다.
목적지가 뚜렷하지 않으니 주소도 물을 것 없다
그곳은 언제나 내 안에 맴돌고
밤을 지내고 또 지낸다.
밖에 차들은 지나가고
사람들은 자꾸 떠나도
나는 떠나지 못할 수 있다

내가 갈 곳은 밖에 있지 않고
안에 있기 때문에

그렇게 가노라면 흰 구름도 잡을 수 있겠지

때로 바위 굴러오는 소식에 짓눌리고
지나간 세월의 긴 꼬리 때문에 걷기 힘들 때
가끔 희망의 줄을 던지는 이 있어
오늘도 가파른 길을 오를 수 있다

짙은 구름에 내일이 보이지 않고
주변이 온갖 두려움으로 어두워질 때
가끔 따스한 시선을 주는 이 있어
오늘도 웃으며 걸을 수 있다

그렇게 가노라면 산도 오르고
흰 구름도 잡을 수 있겠지
그때 난 소리를 지를 거야
저곳에서 희망이 춤춘다고

그럼 저 아래
오늘도 오르기를 포기하려는 사람들이
도중에 주저앉은 사람들이

힘을 얻겠지

해는 그저 뜨는 것이 아니야
못된 기운은 태워버리고
좌절하는 사람은 등에 업고
하늘 높이 오르는 거지

그래
이 끈은 놓지 마
미소를 따라가
해도 두어 개 더 띄워
그래야 함께 오를 수 있어
그래야 우리 모두 살 수 있어

함께 가

하늘에서 땅을 보다

난
지금
하늘과 땅 사이에 있다
새가 되었다
왜 그런지는 묻지 마라

키 재기 하던 아파트조차
내 아래 줄줄이 서 있다.
작은 나무들처럼
허리 꼿꼿이 세운 채

그래, 교만하지 말거라

기차, 그리고 전차들이
지렁이로 변했다.
휘어진 선로 따라
몸을 휘는 네 모습이
좋다

그래, 그렇게 춤을 추거라

차들도 바쁘다
온통 미로처럼 난 길 사이사이로
미끄러지듯 들고 난다
나를 피해 가는 건가
나를 향해 오는 건가

그래, 네 길을 가렴

집들이 곳곳에 자리하고 있다
지붕이 그들을 덮고 있다
파랑, 연두, 초록, 회색으로
무엇이 두려운 걸까

그래, 사람들은 뭔가 감추고 싶어 하지

그래도
하늘아, 빛을 내리고
산들아, 바람을 막아주렴
나무들아, 가끔 손을 흔들어 주렴

그래야, 그림이 살지 않겠니

베다니에서 길을 묻다

당신은 예루살렘 아주 가까이 있지요. 한 오리쯤 된다 했으니 바로 옆이군요. 요즘 같아 선 그걸 거리라 하겠습니까. 택시로 몇 분밖에 걸리지 않을 터이니. 그런 물리적 거리 말고요. 오늘따라 당신이 더 가깝게 느껴집니다. 다 주님 때문입니다.

오늘 당신을 찾은 것은 주님이 예루살렘을 떠나 당신의 숙소에 묵은 그때를 더 알고 싶어서입니다. 다른 곳도 많은데 성경은 유독 '베다니에 가서 거기서 유하시니라' 기록하고 있습니다. 당신을 찾은 이유가 무엇일까요. 그때 당신은 그분에게 얼마나 편안함을 주었나요. 혹시 주님이 그곳에 계시기에 오히려 당신이 편한 것은 아닌가요.

당신 근처에 감람원이 있지요. 주님은 자주 그곳에 들러 기도하셨습니다. 기도 소리가 당신과 벳바게에도 들렸겠네요. 예루살렘 성을 바라보며 기도하셨겠지요. 그 옛날 그 성을 향해 예언한 스바냐의 마음이 오죽했겠습니까. 주님도 그것을 기억하시며 그 성을 향해 우셨을 겁니다. 아니 지금 서울을 바라보며 우실 것 같네요.

'이튿날 그들이 베다니에서 나왔을 때에 예수께서 시장하신 지라'라는 말씀이 있습니다. 베다니에 가셨어도 쉬지 못했다는 증거 아니겠습니까. 주님이 시장하도록 할 만큼 당신에게도 큰 일이 있었던가요. 말 못할 사연이 있었다고요. 그래요. 나사로 사건도 있었지요. 그러나 주님이 다 풀어주시지 않았습니까. 주님이 있어 당신은 행복합니다.

주님은 베다니 사람을 좋아하신 것 같습니다. 마리아도 있고, 마르다도 있고. 시몬의 집에도 들르셨지요. 주님은 차별이 없으세요. 옥합을 깨뜨려 예수의 머리에 부은 여인도 당신의 사람 아닙니까. 잘하셨어요. 나의 장례를 준비한 여인을 잊지 않을 것이라 했습니다. 주님은 늘 하나님의 일을 좋아하십니다.

그럼 주님 가신 뒤 어찌 되었습니까. 소식이 없단 말씀이지요. 혹시 주님이 보내신 성령님을 뵌 적은 있나요. 교회에서만 뵐 수 있는 것 아니고요. 그분은 오늘도 우리를 찾아오십니다. 우리 속에 거하며 말씀하지요. 주님의 말씀도 생각나게 하구요. 그분과 함께 하면 평온해집니다. 마치 주님이 옆에 계신 것처럼.

사람들이 종종 당신을 찾아와 길을 물을 겁니다. 왜냐고요.
주님이 당신을 즐겨 찾으셨고, 당신은 주님을 위해 좋은 일도
했기 때문이지요. 이젠 당신이 그들에게 답을 주어야 합니다.
주님이 좋아하신 그 길로 가라고. 세상은 지금 길을 잃었습니
다. 당신이 흔들리면 세상은 더 흔들립니다. 그래도 길을 말해
줄 당신이 있어 좋습니다.

그건 그렇고, 오늘 저 여기서 쉬어 가도 되나요.

그것이 모이고 모여 미래가 되는 거야

마음에 이는 파도는
늘 내일을 향해
손을 뻗고 또 뻗는다

세상을 쥘 것처럼
열 손가락 모두
쫙 펴고 또 펴보지만
아무것도 잡히지 않아
모래톱에 아쉬움 남기며
물러나고 또 물러난다

그것이 하나 둘 모여 세월이 되었지

하지만 영혼은 지치지 않아
마치 패배를 모르는 군대처럼
구호를 외치며 행진하는 거야
그 합창이 세상을 울리면
하늘에도 파도가 높게 일겠지

태양은
이른 아침에 우리 모습을 보려
맨 얼굴을 드러냈다.
우리는 그 얼굴을 씻고 또 씻어
위대한 하루를 연다

그것이 모이고 모여 미래가 되는 거야

세상은 알까
오늘이 가도
우리 영혼 깊숙한 곳에
태양은 꽃으로 피고
내일은 산이 되어 솟아오른다는 걸

꼭 너에게 주고 싶어
그 아름다운 내일을

그래서 우린 오늘도
일렁이는 파도에 내일을 건다
네가 알 수 없는 비밀을 담아
너무 깨끗해 차마 줄 수 없는 것까지

때 아닌 비 때문에

비가 내리는 오후
캠퍼스를 거닌다.
신기하다
겨울 끝에 맞는
비가

비 오면
난 늘 떠나고 싶다
우산을
둥둥 띄우며
날고 싶다

가다가
가다가
비가 멎으면
그 자리에 서
비를 기다리리라

비야
이 길을 가게 해다오
오 리 십 리 시오 리
네 눈물에
날 적시고 싶다

갔는데
멀리 갔는데
난
다시 캠퍼스다

우산을 접는다
발아래로
비가 우수수 떨어진다
비로소
난 웃는다

때 아닌 비 때문에
좋은 오후다

지금 넌 어딜 보고 있니

지금 넌 어딜 보고 있니
꿈이 자라
훌쩍 커버린 나무를 보는 거니
아니면
저 안의 보물을 보고 있는 거니

말을 안 해도 알아
네 눈이
너의 비밀을 말해 주고 있어
그건 사실 비밀이 아냐
아무도 알려하지 않기에 숨겨진 거지

넌 지금 보고 있니
저 헛발질을
그래도 난 그냥 보지 않아
사랑스럽게 보는 거야
아무도 눈길 주지 않아도
발은 더 움직이고 더 강해져
그럼 된 거지 뭐

넌 지금 무슨 말을 하는 거니
비난한다고
네가 의인이 되는 것은 아냐
비난한다고
내가 자랑스러운 것은 아냐
우린 모두 잘못이 많아
그래서 오늘도 하늘 창고엔
배달되지 못한 복이 많은 거야

나도 알고 너도 알아
우린 어쩔 수 없다는 걸
그만큼 부족하다는 걸

지금 넌 어딜 보고 있니
차라리 울어
예루살렘을 위해
너와 네 자녀를 위해

친구야 가을을 찾아 가려거든

친구야 가을을 찾아 가려거든
천천히 걸어가거라.

바람이 불면 꼭 부는 쪽으로 얼굴을 대렴
묵은 때를 살살 씻어줄지 누가 아니
아픈 세월의 치유는 바람으로 충분해

산길 만나면 구불구불 돌아가렴
이 꽃이 밤새 화장한 얼굴 드러내고
저 풀은 열팔 흔들며 널 부르는 것 알고나 있니
다 널 보고 싶은 거야

가다가 호수를 만나거든
돌 던질 생각 말고 그냥 멀리 보거라
호수는 잔잔해야 제격인거야
언제나 널 그대로 받아주고 싶어 하지
깨어지지 않는 맑은 마음으로

친구야 가을을 찾아 가려거든
그냥 걸어가거라

숲을 만나거든 소리 지르지 마
겨울이 저벅저벅 걸어와
모두들 이별을 준비하고 있는데
큰 소리 치면 더 아파
친구야 부탁해
그냥 조용히 지나가렴

가다가 시선이 마주치거든
사진에 담아도 좋아
그것은 내일 네 그리움의 편지가 될 거야

친구야
이왕 왔으니 가을로 더 깊이 들어가렴
네가 찾아오는 날
난 저 깊은 산의 소나무가 될 거야
아니 네 발길을 간질이는 들풀이 될지도 몰라

걸음을 뗄 때마다 널 향해 목 길게 드리며
네 뒤를 따라 갈 거야
너를 생각하며
그러니 천천히 가렴
쉬엄쉬엄 가렴

넌 오늘 유난히 목이 긴 갈대가 되었다

너를 향해 긴 여행을 떠난다
들판 위에 한 점으로 서서
너의 마음을 잔뜩 들이킨다
길까지 메운 안개까지

걸을 때
동전 몇 개가
주머니 속에서 이야기를 건다
뚝방을 걸을 때
물소리, 바람소리 서로 몸을 비빈다
온통 너를 그려놓은 자연
그리고 나
여기서 너를 만난다

오늘만큼은 묶어두자
자꾸만 흘러가는 세월, 물, 안개
나의 작은 꿈까지
그러나 네 깊은 마음만큼은

재어둬야지
듬직하게 안기는 기쁨의 무게까지

오늘은 떠나게 한다
거리로부터 들판으로
부끄러운 시악시의 눈길로
자연으로
햇빛은 창안으로 몰고
재촉하는 마음에
밀리고 밀려
걸음 닿는 대로

두 팔을 벌리며
하늘을 나는 소리개
지구를 수색하듯
너를 포위한다

온통 가슴이 쥐인 채
이는 바람에도 어쩌지 못하는 너

찬란하지 않다

그래도
넌 말을 하지 않는다
그 모습이
오히려 사랑스럽다

넌 오늘
유난히 목이 긴 갈대가 되었다
흰 목이 바람에 떨고 있다
흔들리는 모습 그대로
아름답다

나의 희열까지 찍을 순 없어

보이니
종탑 주위를 맴도는 비둘기들이
너를 축하하러 온 거야
교회는 막 단장을 끝낸 신부였지

나는 서 있었어
고향에 첫걸음
내린 사람처럼
넌 옛 모습 그대로다

너도
나를 향해 뛰며
닻을 내린다
포근함이 밀려온다

그때
나는 너를 등에 업고
빙빙 돌았지

사람들이 박수를 치고
사진을 찍어대지 않겠어

그러나
나의 희열까지 찍을 순 없어
그것은 내 마음에 있거든

그러나 그것은 짧은 만남이었네
너는 내게 오래 머물지 않아
네가 떠날 채비를 하면
우린 서로 손을 놓지 못해

애처로울 뿐이겠나
널 만나 좋은 순간부터
헤어짐을 생각해야 해

떠날 때마다
내 마음은 소원을 낳지

기도가 차면
이뤄지지 않겠니

혹시 비를 맞은 일이 있나
너무 우울한 나머지
낙엽조차 떨어뜨리는 비

그 낙엽이
나를 향해 마구 손수건을 흔들어대
그럴수록
밤은 더 빨리 추워져

그래도 난
다시 널 기다리며 서 있을 거야
자넨 어떤가

너의 속도를 누가 따르랴

미니멈에서 맥시멈으로
활주로를 달리는 너의 속도
나의 기다림을 알아챈 듯한 네 모습
보이지 않는 울타리가
잽싸게 나를 둘러친다.

이런저런 생각이
원고지에 쏟아지듯 네가 오면
나르시스같이 반해버린 나와
그것을 질시하는 또 다른 내가 있어
너는 으레
나를 놀람에 빠뜨린다.

누구에게나 너는 있다.
다만 그것을 말하지 않고
가슴 깊이 간직하고 있을 뿐

어느 날 갑자기
태양의 언저리에 걸려있는
너를 보았지
누구는 잡혀있다고 말했어.
그런데도 나는
널 잡으려고 했다.
그러나 넌
네 그림자까지 달고
달아나버렸지.

너무나 빨리
뒷말도 없이

넌 아무리 봐도 너야

그래도 날 기다려다오
너의 속도를 누가 따르랴

찢긴 낙엽을 집으며

몽테뉴의 머리글에서
가끔 인용된 베르길리우스의 말을
생각해 본다
찢긴 낙엽을 집으며

그리곤
구루몽이 하필이면
자기 안에 시몽이라는
이름을 가져왔나를 생각한다

이상하게 볼 것은 없다
그것이 그들에겐
낙엽이었으니까

오늘
긴 편지를 받았다
살아간다는 의미를
찾게 된 그 사람으로부터

그리움을 신앙처럼
적어낼 줄 아는 사람의 이야기를
그로부터 듣는다.

기도 속에도 그가 있었고
하루의 모든 것을 생명으로 이어
영원을 기록하는 순간에도
그가 있었다

나는 너를
그의 가슴에 훈장으로 달아주고 싶다

나는 아직도
안개 자욱한 네 마음속을
걷고 있다

그러나
온몸을 안개에 두고

나 자신마저 가리고 싶지는 않다

너는 무엇인가

한없이 기다리고 기다리면
가장 아름다운 것들이
가슴 가득 채워질 듯한
설렘 커져 가

이맘때면
난
널
무작정 기다린다

초가지붕 위에 박꽃 피고
너른 잎들이
하늘을 향해 소원을 비는 밤

오늘 따라
네가 더 빨리
찾아올 이유가 있다

사람들이 그토록 찾지만
결코 알 수 없는 고향 때문이다
고향은 사람들의 그리움을 먹고 살지

걸으며
그 어떤 것도 내게 준 적이 없던
너의 관용을 배운다
넌 변질되지 않아
깊숙이 타들어 갈 뿐이지

나는 가는 길을 멈춰 선다
그것도 문득이라는 말을 넣어

그리고 너를 향해 한 줄로 내리 적는다
오늘도 우리 안에 침입하는
그리움으로
오늘따라
더 영원한 그리움으로

조용한 창가에 걸어두고

넌
과연
내 마음을 읽을 수 있을까

때마다
내가 좋아하는
잎 따다
조용한 창가에 놓아두고
저만치 서서 속삭일 수 있을까

넌
내 안에 있는 설렘을 읽을 수 있을까

때마다
내가 좋아하는
사람들 찾아
조용한 창가에 모아두고
저만치 서서 손짓할 수 있을까

넌
내 울적함을 읽을 수 있을까

때마다
내가 좋아하는
노랫말 따다
조용한 창가에 걸어두고
저만치 서서 노래할 수 있을까

넌
나의 고통을 읽을 수 있을까

때마다
내가 좋아하는
사랑의 말 건져
조용한 창가에 담아두고
저만치 서서 울어멜 수 있을까

넌
내 안에 있는 기쁨을 읽을 수 있을까

때마다
내가 좋아하는
웃음꽃 사서
조용한 창가에 꽂아두고
저만치 서서 손짓할 수 있을까

가을이 시를 쓸 때

가을이 오면
시어들이 우수수 떨어진다.
마음은 그것을 줍기에 두 손이 모자란다.
영적인 고픔을 채우기 위해.

가을은 바람을 몰며
골목을 쓴다.
낙엽은 눈처럼 날리며 정신을 잃는데
사람들은 그저 좋아한다.
잔인하게 밟으며.

가을이 오면
사람들은 말하지.
외롭다고.
가을이 사람을 외롭게 할까
사람이 가을을 외롭게 할까
난 아직도 그것을 모른다.

가을이 오면
난 자꾸 질문이 생긴다.
가을이 시를 쓸 수 있을까
과연 어떤 시를 쓸까.

낙엽이 다진 후엔
옷을 다 벗어버린 나무들이
팔을 쭉쭉 펴며 말하지
나를 보라고.
이것이 바로 나의 가을 시라고.

그런데 보이나
몇 잎이 나무의 그 긴 팔에 매달려
자꾸만 손을 흔들고 있어.
아직도 나는 살아있다고.
정녕 가을의 칼끝을 견뎌낼 수 있을까.

가을이 시를 쓸 때
과연 이 모두의 아픔을 안아줄 수 있을까.
아님 서리까지 내려
죽음을 선언할까.

가을이 궁금하다.
올핸 어떤 시를 쓸지.
어떻게 쓸지.

가을아 부탁한다.
부디 아름다운 시를 써다오.
희망을 써다오.
이 어지러운 땅 위에
평안을 전해다오.

이제야 우리의 기도를 바꿉니다

너희는 먼저 그 나라와 그 의를 구하라.
주님은
우리가 구해야 할 것에
순위가 있음을 선포하셨습니다.
하지만 우리는 언제나
나의 나라와 나의 의가 먼저였지요.

그 나라가 있는 줄 알았지만
그것은 설교시간에 잠시 나타나고
성경을 열지 않으면 좀처럼 보이지 않았지요.
이에 비해
나의 나라는 언제나 현실이었습니다.

주님
우리로 ㄱ 나라 백성인 것을 일깨우시고
그 백성으로 살라 하신 의미를 알겠습니다.
그 나라의 의는 언제나 바르고
진실로 존경할만한 것들이

생명수 강가에 줄지어
열매 맺고 있으니까요.

살고 보니
세상은 얼마나 추악한지
아니
나 자신이 얼마나 악한지 알았습니다.
나의 의만 훈장처럼 주렁주렁 매달고 선 모습에
그동안 주님이 얼마나 괴로워하셨을까
이제야 보입니다.

그 나라는 너희 가운데 있느니라
이 땅에서도 그 나라가 이뤄지기를 바라시는 주님
이제 우리의 기도를 바꿉니다.
나라이 임하옵시며
뜻이 하늘에서 이루어진 것같이
땅에서도 이루어지이다.

언제나 우리가 외운 기도였지만
이제 달라지기 원합니다.

이 땅에
오직 주님이 임하시기를
우리 속에
그 나라와 그 의가 충만하기를

주님
이제야 비로소
고쳐 기도합니다.

이 달은 이렇게 기도하게 하소서

이 달은 이렇게 기도하게 하소서
겨우내 닫힌 마음 하늘을 향해 열게 하시고
당신의 사랑을 더 배우게 하소서

이 달은 이렇게 기도하게 하소서
이웃을 향해 손을 펴게 하시고
사랑의 창문을 하나 더 달게 하소서

이 달은 이렇게 기도하게 하소서
교만의 옷일랑 벗어 버리고
겸손한 회개로 마음 밭을 갈게 하소서

이 달은 이렇게 기도하게 하소서
미워하는 마음일랑 지워 버리고
사랑을 더 크게 그리게 하소서

이 달은 이렇게 기도하게 하소서
나 혼자만 앞서 가게 마시고

다른 사람과 함께 가게 하소서

이 달은 이렇게 기도하게 하소서
불의를 사랑하지 않게 하시고
의를 힘써 행하게 하소서

이 달은 이렇게 기도하게 하소서
남을 넘어뜨리게 하지 마시고
남을 일으키는 사람이 되게 하소서

이 달은 이렇게 기도하게 하소서
나를 감추게 하시고
남을 더 크게 그리게 하소서

이 달은 이렇게 기도하게 하소서
나의 땅을 더 넓히지 못하게 하시고
당신의 나라를 더 넓히게 하소서

이 달은 이렇게 기도하게 하소서
사랑을 입게 하소서
당신을 입게 하소서

십이월의 신랑과 신부를 축복하여 주소서

십이월의 신랑과 신부가 주님 앞에 섰습니다.
당신이 보낸 아침빛을 찬란히 받으며
이 시간 당신을 향해 기도합니다.

신랑과 신부를 축복하여 주옵소서
이 두 자녀를
당신의 이름으로 복에 복을 더하여 주옵소서
하늘 꽃을 이 자리에 풍성히 내리옵소서
가나에 내리신 그 축복을

오늘 주님을 의지하여 두 눈을 뜨고
이 날이 오기를 기다렸던 사람들을 보옵소서
주님을 사랑하는 사람입니다
당신의 자녀입니다

정결하고 깨끗함으로
당신 앞에서 부부가 되기를 바라는
당신의 아름다운 아들과 딸을 보옵소서

우리는 신랑과 신부가 두 손을 잡고
당신이 정하신 길을 아름답게 걷기 원합니다.
그러나 그 곁에는 항상 주님이 필요합니다.

기쁨의 향기가 넘치는 들길을 지나가도
당신을 잊지 않게 하시고
어둠의 골짜기를 지나도
당신을 놓치지 않게 하옵소서
우리에게 당신은 언제나 주님이십니다

당신의 말씀이 삶의 지표가 되게 하시고
당신의 선한 이끄심에 감사가 넘치게 하옵소서
이 세상에 주님 이외에
그 어느 것도 충만하지 않으며
그 어느 것도 완전하지 않습니다
오늘도 주님을 신뢰하며
인생의 뱃길을 저어가려 합니다

이 시간 이 자리에 운행하시는

주의 성령을 바라봅니다

주의 영으로 신랑과 신부의 마음을 붙드시옵소서

내 영혼이 주님을 기뻐하며

평생 주를 잊지 않고 송축하게 하옵소서

말씀을 전하는 자나 듣는 자나

찬양하는 자나 기도하는 자나

오직 우리 주 당신의 이름만이 높여지기를 기도합니다.

오직 한 분이시며

우리 삶의 정답 되시는 주님의 이름으로 기도합니다

아멘

참 행복하겠다 주님이 있어서

주님은 기다리신다
우리가 기도할 때까지

사람들은
좀처럼 내게
귀를 대주지 않지만
주님은
늘 귀를 여신다

탕자를 기다리는
아버지처럼

사람들은
만나려 해도
먼저 시간과 장소를 묻는다

그리곤 셈한다
꼭 만나야 하나

하지만
하나님은
미리 약속하지 않아도
시도 때도 없이
장소 따지지 않고

오래 기다렸다는 듯
금방 문을 여신다

주님은
이따금
우리 마음 문을 두드리신다
들어오시기 위해

기도하는 사람은
참 행복하겠다
이 주님이 있어서

당신을 누르는 모든 것에서 벗어나라

아내는 이따금 저림을 호소한다.
머리, 손, 그리고 발.
어제 밤은 발목이었다.
저림이 아내의 몸 이곳저곳을 돌 때마다
고통의 모습이 역력하다.

밤에 드리는 간절한 기도에도
아침을 여는 눈물의 기도에도
저림은 호소와 함께 계속된다.

사람이라고 다 병과 함께
가고 오는 것은 아니라지만
아내를 보며 아픔을 가까이 느낀다.

때론 의사의 말에 안도하고
때론 약의 효험에 감사해 하지만
무엇보다 아내를 지키는 것은
기도의 시간과 마음가짐이다.

저림도 그 기도를, 그 마음을 이길 수 없다.

오늘 밤 아내는
연극을 보며 까르르 웃었다.
나는 그 웃음이 감사하다.
웃는 순간
적어도 저림에서 해방되었기 때문이다.

아내여, 웃어라. 마음껏 웃고 또 웃어라.
그 웃음으로 저림도 누르고
마음의 고통도 누르라.
그리고 당신을 누르는 모든 것에서 벗어나라.

그래도 금방을 사랑해야 해

금방은 내가 서 있는 사이의 짧은 모습이다.
그것은 빨리빨리 오고
빨리빨리 간다.

내가 금방을 사랑하는 이유는
조금도 틈을 주지 않으려고
내빼기 때문이다.
나는 금방을 쫓아가지만
내 손을 벗어난 지 오래다.

금방은 순간이다.
영겁에서 순간은 짧게 빛을 내며
유성처럼 사라지는 아름다움이다.
그 아름다움을 보려
잠시나마 내 목이 길어진다.

사람들은 금방 왔다 금방 간다.
그래서 아쉬움도 남고, 시원함도 준다.

금방이 남긴 그림자 때문에
오늘 이야기가 탄생하고
생각이 글이 된다.

누군가 말했지.
인생도 금방이라고.
그래 우리 이름은 잠시야.
우리는 여인의 옷처럼 잠시 하늘거리고
사람들은 잠시 넋을 놓는 거야.
그 순간 인생은 손을 흔들며
무대를 떠나는 거지.
정말 금방이야.

그래도 금방을 사랑해야 해.
금방은 신이 내게 허락한 가장 귀한 순간이고
내가 느낄 수 있는 시간이야.
그 순간을 붙들고 고민하는 너를 볼 때
정말 사랑스러워.

금방아.

내게 조금 더 머물러줄 수 없겠니.

네게 맛있는 요리를 주고 싶다.

아니, 네 실체를 보고 싶다.

더운 여름 나의 뺨을 스치는 한 줄기 바람

상큼이란
더운 여름
나의 뺨을 스치는
한 줄기 바람이다.

소리 없이 왔다가
쪽지도 남기지 않고 가지만
나는 너를 읽을 수 있지
너무 시원해서.

상큼이란
나의 입안을 자극하는
오이 초무침 미역이다

순간적으로 미각을 찌르고
도망가려 하지만
나는 너를 잡을 수 있지
너무 향기로워서

상큼이란
가끔 내 일상에 잠입해
숭숭 구멍을 내는 소낙비다

떠들고 소리치다
조용히 숨으려 하지만
나는 너를 미워할 수 없지
너무 귀여워서

오늘도
나는 상큼을 기다린다

바람처럼 올까
향기로 날아올까
들이닥칠까

책을 읽다가도
밖을 바라본다

눈을 감는다

상큼이 지금 어디에 있을까
아니 어디쯤 오고 있는 걸까

누가 상큼인데
누구라니
넌 나의 상큼이야

과거를 넘어 미래를 날 수 있을까

수십 년이 되었을까
내가 널 처음 만난 날이

여름이 채 가시지 않은 가을
넌 네 살 난 아이의 얼굴이었어

난
한 마리 새였다
산 넘어 바다 건너
저 먼 도시에서 이곳을 오가는

그런데
저곳이 이곳이 되고
이곳이 저곳이 되는 꿈을 꾸었지

편치 않을 때마다
사람들은 화를 냈어

소리가 높이 뜨고
돌이 날았지
난 죽는 줄 알았다

갑자기 불도 났어
모두 놀랬지
이건 아닌데
도대체 누가 불장난을 한 거야

사람들은 곧잘 잊어
그래 잊는 것이 약이야

잊어라 잊어
이데올로기도
편견도
오만도

한땐 뒤숭숭했지
그 통에 대문이 바뀌었다

그런데 서로들 말했어
이게 뭐야
결국 옛날로 돌아왔다
과거는 늘 역사로 남는 거야

시간은 빨리 지나간다
시냇가 돌무더기 사이로
세월이 빠져나가듯

세상도 빨리 변해
지금 우리 모두
이상한 나라에 온 것은 아닐까
숨 고를 시간도 없다

그래서 더 나아진 것은 무엇인가
지금 모두
이런 고난이 없다 한다
시장의 아줌마도 울었지

내가 너를 떠나는 날
추웠어, 몹시 추웠어
경제 한파로
더 추웠는지 몰라

난 실망하진 않아

겨울을 녹이는 네가 있어
우리는 더
잘 살 수 있을 거야

날아온 만큼
미래를 향해

더 날 수 있어

이 나무가 노송이 될 즈음
한 마리 새가 되어
그 위에 앉을 거야

그리고
널 굽어보고 싶어

울지 못하는 자가 더 아프다

내게 어디 이름이 있었던가
사람들이 붙인 것이지
나는 한 번도 내 이름을 말하지 않았다
그저 나를 드러냈을 뿐이다

내가 언제 운 적이 있었던가
소낙비에 온몸을 두들겨 맞아도 웃었다
바람에 휘어지고 얼굴이 찢겨도 웃었다
그것이 나야

내가 언제 너를 해한 적 있었던가
그래서 넌 멀리서도 나를 기뻐했고
나의 현재를 즐기며
나의 이름을 부르지 않았는가

순간순간
네 콧등으로 나를 부벼도
난 싫은 내색 한번 하지 않았다

그것이 나야

네가 온 힘을 다해
나를 꺾어도 난 울지 않았어
심지어 가위로 자르고
당신의 꽃병에 올려져도
난 웃었다.

그렇다고 내게 눈물이 없다고 말하지 마
울지 못하는 자는 더 아프고
말하지 못하는 자는 더 아린거야

난 며칠을 살지 못하기 때문에 웃어야 하고
내년에 다시 나야 하기 때문에 웃어야 해
그것이 나야

꽃이야

너에게 오늘은 무엇인가

오늘이 없다면
나도 없고
너도 없다
그래서 오늘은 선물이다

오늘이 없다면
나의 생각도 접고
너의 생각도 접어야 한다
그래서 오늘은 생각이다

오늘이 없다면
세상은 무로 돌아가고
꿈은 자리를 비워야 한다
그래서 오늘은 창조다

오늘이 없다면
그리움도 지워지고
만남도 없다

그래서 오늘은 설렘이다

오늘이 없다면
쌓인 이야기도 풀 수 없고
막힌 담도 헐 수 없다
그래서 오늘은 소통이다

오늘이 없다면
내일을 향해 걸을 수 없고
어제로도 돌아갈 수 없다
그래서 오늘은 소풍이다

너에게
오늘은 무엇인가

오늘도 사람들은 양수리로 간다

양수리 가는 길에
옥수가 길목을 지키고 있다
옥수야
오늘은 양수를 보러 가노라
양보 좀 하거라

양수리 가는 길에
한강이 요염하게
은빛 치마를 편다
네 비단결 훔쳐본들 어떠리
구김은 없으리라

양수역에서
지친 몸을 내린다
조금 더 가면 강이다
힘 내거라

양수리에서
연꽃 미소를 만난다
그 수많은 미소에
가슴 일렁인다

두물머리에선
남한강 북한강이
소리 없이 만난다
남과 북은 언제 손잡을까

오늘도 사람들은 양수리로 간다
강은 흐르고
산은 한 줄로 서 있다

왔느니라
내가 왔느니라
양수리 둔덕을
걷고 또 걷는다

내 생명이 네 속에 잠들 때까지

숲아, 너에게 가리라
푸르고 푸른 깃발 높이 세우고
잎을 마구 흔들며
기다리는 너를 향해

가리라
초대장 없이도
항상 소리 없는 환성으로
나를 받는 너를 향해

저벅저벅 들어가리라
네 속으로
들어갈수록
나조차 나를 잊으리

네 속에 설 때마다
난 언제나 새로운 나를 본다
끊임없이 너와 대화하는 나
위안으로 감싸는 너

넌 나와 다르지 않아
숨도 쉬고 말도 하지

긴 열망과 기대로 꽃을 피우고
분노와 슬픔으로 마음 흔들리며
깊은 상처로 아파한다

넌 나와 다르지 않아
애써 말하지 않을 뿐이지

그래도
넌 나에게 쉼의 자리를 내주고
설렘으로 맞아준다

너를 느끼며 살리라
너와 말하며 살리라
내 생명이 네 속에 잠들 때까지

봄에만 피어야 꽃이라더냐

어찌 꽃은 봄에만 피는 것으로 아느냐
난
봄에도 피고
여름에도 피고
가을에도 피고
겨울에도 피느니라

봄에만 피어야 꽃이라더냐
여름에 피어도 꽃이고
가을에 피어도 꽃이고
겨울에 피어도 꽃이니라

어찌 꽃만 꽃이라더냐
사람도 꽃이고
너도 꽃이고
나도 꽃이니라

널린 게 꽃이라 말하지 마라
기다림이 없으면 꽃이 아니니라
사랑의 색깔이 없으면 꽃이 아니니라

꽃은 그저 이름이 아니니라
네가 보지 않아도 섭섭해 하지 않고
피고 지는 때를 아느니라

꽃이 곁에 있어 기쁘지 아니 하냐
오늘도 소리 없이
너를 향해 미소 지으니
정녕 기쁘지 아니 하냐

나는 꽃이니라
모두에게 경이를 안겨주는 꽃
바로 그 꽃이니라

난 벌써 널 향해 고개를 들었다

잠 못 이루는 밤이면
너를 향해
고개를 든다

넌 보이지 않는 힘으로
내 안의 열기를
금방 식혀낸다
내가 반한 이유가 다 있지

너의 팔은
어이 그리 넓고 감미로울까
나를 휘어 감고도
아니 모두를 안고도
힘든 내색이 없다

어제 밤에도 널 기다렸다
오늘 밤에도 널 기다릴 것이다

기다림이 있다면
너의 노트엔
설렘으로 가득하겠지

네 가죽 가방에
빵빵 채우고
달려오겠지

잠 못 이루는
그 긴 여름 밤

난 벌써
널 향해 고개를 들었다

바람아
꼭 와야 해
지금
기다리는 사람이 많아

별이라고 다 별이라더냐

사람이라고 다 사람이라더냐
칼바람 부는 겨울이라도
따사한 정
풀어놓을 줄 알아야 사람이지

성인이라고 다 성인이라더냐
남의 말 귀담아 듣고
지혜롭게 말하기에
으뜸이어야 성인이지

잡초라고 다 잡초라더냐
길가에 있어도
꽃에 사람 맘 태우고
작은 바람에도 마구 흔들려야 잡초지

꽃이라고 다 꽃이라더냐
향기 없고
메마른 세상에

향기 쭉쭉 내뿜어야 꽃이지

별이라고 다 별이라더냐
그 너른 우주에 단 한 점이라도
우리 마음에 닿아
초롱초롱 빛을 내야 별이지

오늘 넌 어디로 가려는 것이냐

비가 몰려오니 더위가 가시려 한다. 자리를 뜨기 전에 그동안 머문 자릿세를 내라 말해보지만 말을 들을 것 같지 않다. 말 안 듣는 것이야 사람도 마찬가지니 내가 조금 물러나야 할 것 같다.

여기저기서 메뚜기가 뛴다. 넌 어디로 가려는 것이냐. 아침 이슬 먹고 늘 푸른 가지에 앉아 놀았으면 노래라도 불러야 하지 않겠는가. 그건 매미의 몫이라 발뺌하지 마라. 매미는 땅속에서 수년을 기다려 여름 한 철 목을 뽑는 거다.

전철도 긴 꽁지 달고 어디론가 간다. 선로가 여기저기 늘어서 있으니 가는 것은 확실하다만 너도 종착지를 모르니 애타는 것은 매 한가지다. 너에게 묻지 말고 차장에게 물으면 될 것을 왜 난 자꾸 널 향해 묻는지 모르겠다.

소리도 생각도 여기지기시 뛴다. 가만가만 마음을 눌러보지만 생각은 도무지 잡을 수 없다. 소리도 끊이지 않는다. 그런데 아름다운 소리보다 곱지 않은 소리가 더 크게 들린다. 마음이 쓰린 걸 넌 모를 것이다.

이제 그만 가자. 오늘은 나도 여기서 쉬어야겠다. 밤하늘 별빛 헤아리며 너의 눈 깜박이는 모습에 취해 우주 깊숙이 들어가리라. 노크할 때 문을 열어라. 아무 대답이 없으면 빈방 같아 허전하지 않겠니. 그때 널 따라 가도 되겠지.

우리 모두 비단 바람 타고 가는 거야

마음이 바람을 따라가는 것인가
바람이 마음을 따라가는 것인가
출렁이고 나부낀다
비단처럼
갈대처럼

나는 날고 있어
언덕 위
산 그리고 논과 밭 위
난 언제 저 가지 위에 앉아
한가로이 너를 바라볼 수 있을까

흔들리는 가을 코스모스 피고
황토로 곤지 바른 시골길
난 가고 싶어
멀지만 멀지 않고
가깝지만 먼 고향
언제 그곳에 갈 수 있을까

비가 오면
만일 비가 오면
난 그곳에서
너를 위해 우산이 될 거야

걱정하지 마
우린 벌써 땅 끝에 와 있어
땅이 끝나고 바다가 시작되는 곳이지
바다가 보인다고
세상이 끝났다고 생각하지 마

언젠가 바람이 말해줬지
저 바다 끝에 또 다른 땅이 있다고
난 꿈을 갖고 있어
우리 모두 그곳으로 가야 하는 꿈
비단 바람 타고 가는 거야
그냥 나부끼며 가는 거야

그래 우리 삶은 태풍이다

태풍이 오고 있다
아직 큰 바람이 닿지 않았는데도
사람들 가슴이 휘어지고 있다

간판은 죄인처럼 끈에 묶이고
유리창은
테이프를 덕지덕지 발랐다
겁에 질려
말을 잃은 얼굴이다

남쪽 방파제는
파도 갈퀴에 위협을 당하고
담벼락은
바람에 넘어졌다
너도 그를 이길 수 없었겠지

뒤집힌 고깃배는
이미 주인을 잃었다

실종된 사람들은
지금 어디에 있을까

종탑이 무너져
십자가가 거꾸로 매달렸다
교회도 함께 아프다

태풍이 지나고 나면
언제 그랬느냐는 듯
폐허 위로 해가 뜨겠지

모진 전쟁을 겪은 뒤
평안이 찾아오면
결국 태풍의 이름조차
잊어버리겠지

그래 우리 삶은 태풍이다
오면 겁나고
지나면 잊는 그런 것

거짓이 네 마음을 아프게 해도

그렇게 가렴. 입 꼭 다문 채. 가끔 할 말이 있어도 그 말이 죽창이 될 수 있다면 가슴에 묻어두고 가는 거야. 마음이 아프겠지만 난 알아. 넌 할 수 있어. 널 믿으니까. 아니 믿고 싶으니까.

때론 거짓이 자축을 하지만 그것이 영원히 갈 수 있는 것은 아니지. 거짓이 짐짓 이긴 체하고 교만한 눈을 부라리며 큰 소리 쳐도, 거짓이 네 마음을 아프게 해도 꿈쩍도 하지 말거라. 그것은 모두 허세야. 거짓은 늘 진실 앞에 떨고 있어. 진실은 언제나 위대해.

마음이 상했다면 생수를 마셔. 그것이 내 안에 흘러가며 기름을 발라 줄 거야. 천천히 가슴을 쓸면서 너의 이름을 부를 거야. 그때 넌 눈을 뜨고 그것을 바라보면 돼. 거짓으로 찢긴 아픔들이 조금씩 가라앉을 거야.

거짓은 속임수의 아버지야. 그러면서 자기는 늘 진실하다고 하지. 그 모습에 속지 마. 그것을 닮으려 하지도 마. 그것과 패서리가 되는 순간 너도 떨어시세 되어 있어. 삶은 선택이야. 세상에서 진실은 늘 패하는 것 같지만 그렇지 않아.

오늘 거짓이 네 곁에 있다고 놀라지 마. 그것이 삶이야. 그것에 엮이지 말고 그냥 네 길을 가. 그것이 네 이름을 불러도 돌아보지 마. 거짓은 거짓이고, 넌 너야. 네가 비록 초라해 보여도 거짓이 아니라는 것 그 하나만으로도 넌 위대해.

시간이 가면 거짓이 남루한 모습으로 너를 찾아올 거야. 겸손의 옷일지 속임수일지 난 모른다. 교만을 내려놓고 겸손을 택했다면 그를 용서해라. 용서가 그 마음을 울릴 것이다. 결국 진리가 이겨. 그래서 삶은 가치가 있는 거야.

때론 널 기다리며 때론 가기 바라며

비바람으로
내 마음의 온도가
십 도 내려갔다

따가운 여름 햇살로
높아진 것을 어찌 알았을까
감사편지를 써야겠다

헌데 하루 종일
비가 내린다
가슴마저 식을까 걱정된다

모처럼 온 손님을
가라 할 순 없지
때론 눈치 없어 걱정되지만
지루하면 거두지 않겠나

오면 오는 대로
가면 가는 대로
지켜보는 거야
그래야 다시 올 때
반가워할 수 있겠지

우린 늘
만났다 헤어지고
헤어졌다 만났지

그야 부부가 아니니까
당연하지만
때론 널 기다리며
때론 가기 바라며

넌 아니
비 오고
바람 부는
오늘 같은 날

사이는 사이일 뿐인데

우리 중간엔
늘 사이가 앉아 있다
오라 해도 오지 않고
가라 해도 가지 않는
너

사람들은
비좁은 틈새
용케 뚫고 들어와
묻곤 하지
넌 왜 이런 거야

널 알기나 한 걸까

어제와 내일에도
사이가 있다
역사는 시간을 길게 자르며
혼잣말을 한다

사이가 궁금하지 않으세요

아무도 반응하지 않을 땐
그냥 책을 덮는다

그 사이 난 너를 보고
역사는 날 훔쳐본다

사이는
결코 입을 열지 않는다

사이는 사이일 뿐인데
사람들은 말이 많다

사이야
우린 그런 사이 아니지
가림막 젖히고
네 이름 불러본다

코스타리카에는 번지가 없다

코스타리카에는 번지가 없다
그래도 편지는 간다

세상인데 주소가 없는 것은 아니지
오거리 동네
빨간 오층 건물에서
우로 오십 미터
하얀 이층집
누구

그래도 편지가 간다니 놀랍다

갑자기 궁금하다
하늘나라는 어떨지
주님이 마련할
처소가 있지 않은가

걱정하지 마
그 나라에선
네가 생각지 못할
소통방식이 있을 것이니

지금도
기도로 통하잖아
말하기 전
이미 마음을 읽지 않는가
이메일 저리 가라다

그래도 오늘따라
하늘나라가 더 궁금해진다

그곳 나의 집은
코스타리카보다
색이 진할까

누가 내게
편지를 보낼까

해는 왜 골고루 비추려 할까

물은 아래로 흐른다
저 높은 자리에 있다가
왜 자꾸만 낮은 자리를 택할까

해는 비춘다
아침엔 동쪽 창을 비추더니
오후엔 서쪽 창을 비춘다
왜 골고루 비추려 할까

구름은 머물지 않는다
어제 뜬 구름은 간 데 없다
왜 자꾸만 흘러갈까

달은 지구를 본다
떨어져나갈 땐 언제고
내 얼굴 보라며
왜 밤마다 반짝이는 걸까

나무는 바람에 흔들린다
그렇게 꼿꼿하다가도
왜 바람 따라 몸을 기우는 걸까

사람은 걷는다
앉았다가도 걷고
서 있다가도 걷는다
왜 걷고 또 걸을까

시인은 시를 쓴다
문득 일어나 쓰기도 하고
고민을 낳기도 한다
왜 그는 시를 남기려 할까

질문은 많은데
답은 하나다
다 이유가 있다

내 목이 길어진다

오늘따라
그림자의 꼬리가 길다

덩달아
내 생각도 길어졌다

오늘은
어느 숲에 닿을까

내 목이
자꾸 길어진다

아 그리고 흠

아?
아!
흠

아, 아?
아
흠

흠?
아,
아 흠

흠
아
아흠

아냐?
아냐!

흠

정말 아냐, 아냐?
아니지!
흠

흠이라니?
아냐, 아냐
흠

흠, 조용히 해
아, 조용히 해
아흠

흠
아

추운 날에도 그는 그 자리에 있었다

교회 가는 길에
버스 정류장 하나 있다
그곳엔 하루 멀다 하고
자리 지키는 한 사람 있다

등산하러 왔다가
쉬어 가는 줄 알았다
아님 집에서 나왔지만
갈 곳이 마땅찮던가

해가 쨍쨍한 날에도
추운 날에도
그는 그 자리에 있었다

일굴이 볕에 익어가더니
나중엔 소주에 익어갔다

그는 천 위에
그림을 그리는 취미를 가졌다
무료한 시간을 예술로 채웠다

그날도 그는 볼펜을 쥔 채
그림을 그리고 있었다
새인지 물고기인지 모르겠다

그에게 돈을 건네며
그림 그리는 데 보태라 했다
주저하지 않고 받았다

예배 마치고 오는 길
열심히 그리고 있는가 했더니
컵라면에 소주를 들고 있다

그림은 보이지 않는다
그냥 가자

그런데 자꾸만 떠오른다
벌게진 그의 얼굴이

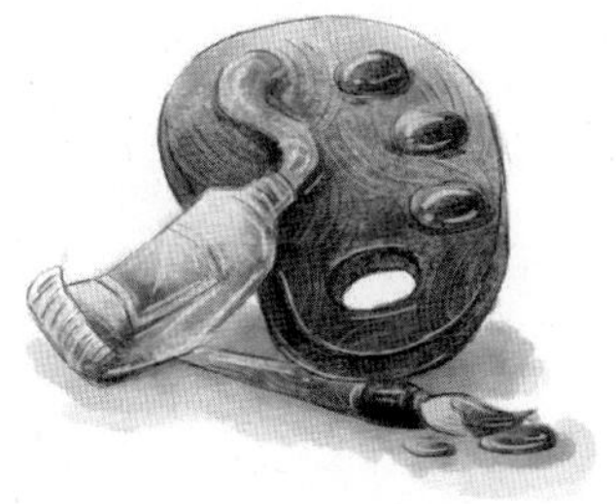

내 안엔 기다림이 있다

내 안엔 기다림이 있다

가면 붙잡고 싶고
오지도 않는데 기다려지는 것

오늘 같이
비 오는 날이면
우산을 들고
널 기다리라

넌 알지
구름이
왜 온 하늘 가리고
비를 내리는지

하늘이
우리 사이를 시기한 걸까
아님
부끄러워 숨은 걸까

눈엔
보이지 않는다
꼬리까지 감췄다

내 기다림은
점점 늙어가고
다리는
힘을 잃는다

더 이상
기다릴 수 없을 땐
네 이름을 부르겠다

그 소리에 반응할까
내 무니짐을 볼까

오늘따라 네가 궁금하다

런던에 가면 동물이 보인다

런던에 가면
동물이 보인다

앵무새들이 떼로 날아
나뭇가지에 앉는다
잎들이 박수를 친다

사슴들이
객이 되어 지켜본다
눈을 더 크게 뜨고

런던에 가면
동물이 보인다

갈매기가
빌딩 숲 사이를 누비고
강물에선
논병아리들이

부리를 맞대며 사랑을 노래한다

넌 그 소리 들어본 적이 있느냐

왜 넌 고향을 뒤로 하고
이곳까지 와서 노래를 부르느냐

이젠 런던이
너희 보금자리가 되었나보다

사람들은 그냥 지나치지만
몇몇은 오늘도 기적을 만난다
너의 조그만 반응에도
기쁨을 터뜨리며

그래 런던은 동물의 왕국이다
자연을 즐겨라
그대로 즐겨라

괜히 그랬나보다

그래
괜히 그랬나보다
시간이 가면
가라앉을걸
휘져댔으니

네가 소리 지를 때
그냥 있을 걸 그랬다
그땐 왜 불쑥 일어섰던지
생각하니
쑥스럽다

모두 안고 갈 걸 그랬다
가슴을 찔러대도
사실 몇 그램 안 되는 말들인데

그땐
그게 나였나 보다

그래
이젠 가자꾸나
너도 후회하고 있겠지

삶은 배우는 거야
삶은 느끼는 거야

마음에 먼지 일던 날

그땐
괜히 그랬나보다

난 지금
가을 볕 아래
지난 일을 밀리고 있다

지금이 좋다

우리 모두 늙어가나 보다

박 선생이 말한다
언제 죽을지 모르지만
그때까지 자주 만납시다

우리 모두 늙어가나보다

아내에게 말한다
당신 백년해로한다 했으니
백 살까진 살아야 해

비시시 웃는다
어찌 그때까지 살 수 있나

우리 모두 파 뿌리 가졌으니
많이 산 거지

난 늘 젊다고 생각했다

거울을 보기 전까지
아니
사진을 보기 전까지

이게 바로 나 중심이야

하나님은
내가 지은 전에 계셔야지
다른 전에 계시면 안 된다

교회도
내 교회만 잘되면 되지
다른 교회가 잘되면 안 된다

하나님의 일도
나를 통해야 되지
다른 사람을 통하면 안 된다

내 이름이
늘 반짝반짝 빛나야지
다른 이름이 빛나면 안 된다

난
나에게 나뿐이지

다른 사람은 없다

네가
싫어해도 할 수 없어

하나님이
싫어해도 할 수 없어

이게 바로 나 중심이야

하지만
궁금하다

난 얼마나 갈까
그래도 되는 길까

네 대답이 두렵다

우리 삶도 기적이다

다빈치는
하늘을 나는 비행기를 상상했다
스케치도 하고
장치도 구상하고
하강 모습도 그리고

그때
그는 큰 새가 되고 싶었다

그런데
날아본 사람은 그가 아니었어
라이트 형제였지

쿠스트리차는 말했지
삶은 한 편의 영화 같다
삶은 기적이다

안개와 구름은 사실 다르지 않아
땅에 가까우면 안개라 하고
땅에서 멀면 구름이라 하지

다빈치와 라이트도 다르지 않아

한 사람은 꿈속에서 날았고
다른 사람은 땅에서 날았지

그래
한 사람은 구름이었고
한 사람은 안개였다

삶은 한 편의 영화 같다

넌 아니
너와 나도 주인공이다
우리 삶도 기적이다

그새 변했단 말인가

동료가 넘어져
뼈가 부러졌을 때도 걱정하지 않았다
난 젊고 강하다 생각했으니까

그런데 생로병사 골다공증 프로그램 보며
혹시나 한다
그새 변했단 말인가

뼈는 태어난 대로 그대로 있는 것이 아니래
골 생성도 하고 골 흡수도 하니까
뼈가 없어지다니
우리 몸에 무슨 변이 생긴 건가

우주로 간 사람은
골밀도가 십 프로나 빠르게 감소한다니
달나라 차표는
아예 물려야겠다

음주는 뼈 생성을 감소시킨 데
술은 안 하니
그 걱정일랑 줄여도 되겠다

과도한 다이어트도 안 돼
하루에 커피 넉 잔 이상도 안 돼
뭐가 안 되는 것이 많은지 모르겠다

칼슘 적게 먹은 날
뼈에서 칼슘이 뭉텅 빠져 나간다
알아서 보충하는 거지
그래 칼슘, 인 고루 먹어라

그리고
햇볕을 쬐야 한다
합성을 한다나 뭘 한다나

내 몸 참
기기묘묘하다

그것이 궁금하다

여자는 남자보다
말을 잘한다

왜 그럴까?

인류학자 헬렌 피셔는 말했지

여성의 언어능력은
수백만 년 동안 아이를 안아
말로 달래고 꾸짖고 교육한 경험에서 나온다

교육 경험이 알게 모르게
여인들의 장점이 되었다는 말이다

수십 년 가르친 남자
수십 년 설교한 목사
왜 동네 아낙보다 못하다 할까

수백만 년과 수십 년을
비교하지 말라고

그럼 남자는
그 수백만 년 동안
도대체 무얼 한 거야

어릴 적 희미한 내 삶의 첫 기억

도랑물이 보인다
그것이 집 한쪽을 통과했는지
집 곁에 있었는지
확실하지 않다

그뿐이랴
그곳 지명도 확실하지 않다

어릴 적
희미한 첫 기억이다
아니
지금까지 남은 내 삶의 첫 의식이다

왜 하필 물이었는지
그것이 왜 각인되었는지
난 모른다

인생은 그렇게 흘러가는 것이리라
요동치며 가는 것이리라

지금 그것을 본다면
지나치겠지
난 그때
두 눈을 크게 떴다

지금도 그 물이
내 마음에 굽이친다
내 삶의 역사로 흐른다

어릴 적
희미한 내 삶의 첫 기억
내 삶의 첫 의식

난 지금
그 도랑물 따라간다

파리채 대왕께 경의를

파리채 대왕께 경의를 표한다
단 한 방으로
침략자 모기대장을 참수하셨다

한밤중이면
남몰래 하산하여
이곳저곳 공격을 퍼붓는
그 대장을 용서할 수 없었다

선전포고도 없이
국경을 넘나들며
쏘아대는 너를 누가 참으랴

우리 국민들은 잠을 잘 수 없어
뜬 눈으로 너를 지켜봐야 했다

대왕은 드디어 파리채 높이 들었다
그리고 긴 기다림 끝에
결정타를 날리셨다

파리채 대왕 만세

모기 대장에게
습격당한 국민들의 함성이 요란하다

대장의 죽음으로
평화가 찾아왔다
이제 국민도 잠들 수 있으리

국민은 침략자와 동거할 수 없다
국민이 있어야 대왕도 있다
대왕은 그것을 잘 안다

우리 대왕 만세

파리채 대왕께 경의를 드리노라
이 밤 우리에게 평안이 왔도다

아무도 널 기억하지 못해도

아무도 기억하지 못해도
난 격랑의 세월을 이기고
힘겹게 태어난 너를 알고 있다

넌 저 동토의 땅에서 왔지
세상을 보기 전부터
울음을 참아야 했던 네가 아니더냐

네 눈으로 푸른 하늘을 보았을 때
고통은 다 지난 것이 되었다

하지만 그것도 오래가지 못했어
네 삶은 거기까지였다

네가 작은 언덕 비탈길에 묻혔을 때
사람들은 한 줌 흙이라도
더 뿌려주고 싶었다
너에게 줄 수 있는 마지막 선물이겠지

그로부터 넌 기억에서 사라지기 시작했어
누가 먼저랄 것도 없지
너를 기억할 만큼
세상은 만만치 않았다

그래도 넌 그곳에서
사람들을 보았겠지

도대체 누가 불쌍한 걸까

세월 흐르며
한둘 네 곁으로 갔다
언젠가 모두 한곳에 모이겠지

그땐 날 불러다오
지금까지 한 번도
불러본 일이 없으니
어찌 널 부를 수 있겠느냐

벽 앞에서

넌 크다
내 손으로 잴 수 없을 만큼
그래도 난 널 향해
손끝을 세워본다

나는
어디까지 닿을 수 있을까

넌 넓다
내 팔로 담을 수 없을 만큼
그래도 난 널 향해
두 팔을 벌려본다

난
얼마나 널 안을 수 있을까

늘 말없이 거기에 서 있지만
난 너에게 말을 건다

오늘도
네 앞에 선다
더 다가선다

그리곤
손끝을 세우고
두 팔을 벌린다

어디까지 닿을 수 있을까
내 마음이

얼마나 안을 수 있을까
너를

오늘도 난 여기서 널 바라보고 있다

토요일이면
걸음도 가벼워지고
생각도 익어간다

누가 뭐래지도 않는데
방안만 맴돈다
난 혼자 있을 거다

며칠 전 난 모자를 잃어버렸다
눌러쓰면
반쯤 나를 가리며
젊게 만들어줬는데

그래서 함께 갈 친구가 없는 게야
아님 혼자 갈 수 없는 게야

난 그런 직설적인 물음엔
대답하지 않는다

적어도 오늘 만큼은
느긋하고
방해받고 싶지 않아

넌 알거야
왜 저 산이 움직이지 않고
그대로 서 있는지

사람들이 아무리 뭐라 해도
산은 늘 오늘이야

산도 방해받고 싶지 않은 것
알고 있니

그래서 오늘도
난 여기서
널 바라보고 있다

난 그저 그를 바라보았을 뿐인데

땅이 갈라지면
두려움이 목줄을 넘어 간다
그래도 우릴 삼키지 못하지

화염이 넘보아도
걱정하지 마라
우릴 지키는 이 있다

알 수 없고
보이지 않고
세상이 줄 수 없는
평안으로
안으며

그는 오늘도 폭풍을 막고
두 팔로 하늘을 들어 올린다

주리고 목마른 사막 길에서도
우리 영혼은 피곤치 않았다

고난의 자리에 설 때마다
얼굴을 그에게 향하면
그의 인자와 성실이
우리를 구했다

마른 땅이 샘이 되는 것을 보았는가
소금밭이 옥토로 변한 것을 보았는가

광야에서 유리했지만
그는 우리에게 거할 성을 예비하셨다

우리 입술에
감사가 넘치는 이유는
그의 기이하심 때문이다

난 그저
그를 바라보았을 뿐인데

난 위대한 곤충이니라

눈이 어디 있느냐 하지 마라
나에겐
땅을 샅샅이 뒤질 능력이 있다

키가 작다고 비웃지 마라
나에겐
웬만한 고층일랑 단숨에 올라설 능력이 있다

하루살이라고 얕보지 마라
나에겐
하루를 살아도 길게 살 능력이 있다

생각이 짧다고 말하지 마라
나에겐
순간을 날며 위기를 돌파할 능력이 있나

네 어찌 영원을 알겠느냐 말하지 마라
나에겐

토막 낸 시간일랑 미련 없이 버릴 능력이 있다

내 이름이 뭐냐고
네가 비천하게 이름 붙인
곤충이니라

나에겐
그런 이름쯤 그저 넘길 능력이 있다

난 하늘이 지은
위대한 곤충이니라

난 고생대부터
이 땅을 지배하며 살아온
위대한 곤충이니라

내 너의 기쁨이 되어 높이 오를 수 있다면

네 아픔이 말을 할 수 있다면
잔잔한 서러움일랑 재울 수 있으리라
그나마 다독이기 어려워
오늘따라 내 마음이 더 아프다

가슴이 아리다면
어찌 소리를 내지 못하랴
네 음성조차 듣지 못하니
눈물만 보인다

생각을 접을 수 있다면
잠잠히 저 산을 바라볼 수 있으리라
하지만 삐져나오는 가시에 찔려
네 삶이 애처롭다

평생 좋은 일만 있다면
평안의 가치를 모르리라
이 땅의 싸움은 잠잘지 모르니

평화가 더 그립지 않겠느냐

내 너의 기쁨이 되어 높이 오를 수 있다면
하늘인들 높을까
생각만큼 높이 오를 수 없어도
내 우스운 모습을 보고 웃거라

그래
아픔일랑 접고
아린 가슴 메우고
찔린 생각 자르는 날

네 안에서
기쁨으로 터지리라
오색 축포로
환희로
평화로

그래서 난 지구를 지키기로 했다

지구는 하나의 태양을 중심으로 돈다
달은 지구를 돈다
한 번도 흩어짐이 없다
충성이 마르면 모두 파멸이다

사람들은
낮에 태양과 눈을 맞추고
밤엔 창백한 달을 달래느라 바쁘다

우주에는 많은 태양이 있다
별들은 각자 태양을 주인 삼아 돌고 또 돈다
그 거대한 우주 쇼를
눈으로 본 사람은 아무도 없다

그런데
어느 날 갑자기 비보가 날아들었다
어떤 행성엔
네 개의 태양이 뜬다는 것이다

쌍성계를 공전하는 행성과
이들 전체를 멀리서 도는 또 다른 두 별

이것은
내가 아는 우주가 아니다

같은 하늘에
네 개의 태양, 아니 다섯 개의 태양이 뜨면
어느 쪽에 서야 할까
다섯 개의 눈이 나를 노려보고 있다
우왕좌왕하는 나도 비극이다

그래서
난 지구를 지키기로 했다
죽을 때까지
이 땅에 두 발 딛고
저 하나의 태양을 바라보기로 했다

나의 결점을 보완할 다운로드라면

서비스 팩 다운로드하려면
이것도 하고 저것도 하란다

다운로드 몇 번 하다
한나절 지나갔다

클릭 클릭으로
너 내 인생 상당 부분을 앗아갔다

그 시간이 내 삶의 마지막에서
얼마나 황금 같은 줄 아느냐

그러면
다운로드 중지할거냐 묻는다

지금까지 공들인 시간이 얼마인데
휴지처럼 구긴단 말인가

너라면 아깝지 않겠느냐

지금도 다운로드 중이다

내 삶에 받을 일이 뭐 그리 많다고
계속 다운로드일까

나의 결점을 보완할 다운로드라면
모두를 위해 미래를 밝힐 수 있다면
시간 더 드리겠다

암 그거라면
어디 그뿐이랴
드리고 더 드리지

말하고 싶다면 이제 미래와 하렴

당황이란
보내놓고 보내지 않았으면 하는 것
이미 늦은 걸
후회해도 시간만 아깝다

기다림이란
오지 않을 것을 오리라 생각하는 것
아무리 밖을 보아도
바람만 마당을 쓴다

조금만 더 기다리자
마음을 달래지만
저 나무 잎조차 고개를 흔든다

그래
이제 가방 질끈 메고 가자
후회 따위랑 묻어두고

오르고 또 오르면
언젠가 뒤쫓아 오겠지
그리곤 왜 기다리지 않았느냐 말하겠지

그땐 당당히 말할 거야
넌 나의 당황을 본적이 있느냐
벌게진 얼굴
뛰는 가슴 조이며
내내 후회했던 모습을

하지만 그는 다시 오지 않아
말하고 싶다면 이제 미래와 하렴
그게 네 자리야

지금도
오지 않을 그를 기다리는 너
언제까지 그럴 거니
현재야

나와 작별할 시간은 가져야 하지 않겠니

넌 무슨 일로 아침 일찍부터
쿵쾅거리며 나를 깨우니

바람은
보이지 않게 완력을 행사하고
이미 허리가 휜 나무들은
손을 흔들며
구원을 호소한다

아직 가을이 남았는데
겨울을 자꾸 밀어대면 어떡하니
좀 조용히 했으면 좋겠다

하늘도 먹구름으로 꺼멓다
누가 회색 칠을 했는가
허락도 없이

아니면
하늘도 동참을 했다는 말인가
그렇게 해서 옷을 바꾼다면
아, 나는 어디로 가야 할까

비는
내 창에 셀 수 없이 많은 눈물이 되어
나를 지켜보고 있다

그래
오늘은 밖에 나가지 않고
생각 좀 해야겠다

어지럽게 널브러진 세월의 잔해를
그저 밟고 지나갈 용기가 없다

가을아 너무 빨리 죽지 마라
그래도
나와 작별할 시간은 가져야 하지 않겠니

날개를 펴면 갈 곳이 보이겠지

단풍이 온 산을 물들인다
내 가슴에도 색을 입힌다
어떤 색이 더 진할까

주변이 중심을 에워싼다
그땐 고개를 든다
좋은 것은 위에 있다

모두들 모여 있다
함께하면 아름답다
모양이 달라도 그대로 좋다
무엇을 보러 왔을까

숲 사이로 긴 강이 보인다.
숲은 서 있고, 물은 흐른다
잘 가
자연에도 이별이 있다

그 속에 내가 있고 네가 있다
시간을 내주었다
하지만 자신을 내준 자연에 비하랴

생각은 마음에 걸리고
감동은 벽에 걸린다

좀 더 가자
삶은 이동이다

새도 곧 겨울을 만나겠지
그래서 그들은 늘 대화가 필요하다
날개를 펴면
갈 곳이 보이겠지

이런저런 생각들이
시로 엮어진다

내가 없어도 내가 있느니라

날 슬퍼하지 마라
태어날 때 이미 울었느니라
그것이 얼마나 큰 울음이었는지 아느냐

내 앞에 꽃을 놓지 마라
나에겐 삶이 꽃이었느니라
그것이 얼마나 엄청난 꽃이었는지 아느냐

내 앞에서 고개 숙이지 마라
그것을 어찌 내가 받겠느냐
누운 자는 결코 일어설 수 없느니라

가면서 생각하거라
우리 모두 가는 길이라고
산 것이 결코 산 것이 아니니라
죽어야 오히려 사는 것이니라

날 슬퍼하지 마라
우린 모두 위대한 삶을 살았느니라
기억해주는 이 없어도
이 땅에 발 딛고 호흡한 생명인 것만으로도
진정 경이로운 것이었느니라

언젠가 우리 모두 하늘에서
저 땅을 바라보며 말하리라
내가 없어도 내가 있느니라
바로 저곳에
저곳에 내가 있느니라

그래서 지금도 나는 언덕을 오른다

사막엔
모래 언덕이 있고
북극엔
눈 언덕도 있다

언덕
너의 언덕은 무엇이냐
아니
너는 누구의 언덕이더냐

언덕에 오른다
세찬 바람에 베인 언덕이다
오른 자는 이미 허락을 받았다

언덕에 서면
사방이 보인다
내가 걸어온 길도 보이고
내가 걸어갈 길도 보인다

네가 말하지 않아도
등성이 따라 걸으리라
발자국 깊이 남기며

바람이 불면
거세게 맞고
그보다 크게 노래를 부르리라

아무도 들을 수 없는
그곳에서도
내 노래는 있을 것이니

염려하지 말거라
설령 넘어진들 어떠냐
구른들 어떠냐
다시 오르면 되는 것을

훗날
내 모습에 기대어
오를 사람도 있으리니
그때 내가 흔쾌히
그의 언덕이 되리라

그래서
지금도
나는 언덕을 오른다

철물점이 안 보인다

우리 골목 안
철물점이 안 보인다.

저 동네
철물점도 안 보인다.

가슴에 못 박는 사람들이
그리도 많은데
왜 철물점이 안 된다 할까

그 자리에
모두
가게들이 들어섰다.
음식점이다

이곳저곳
그리도 식당이 많은데
왜 또 음식점일까

아린 가슴 속
덥히려나 보다
차가운 바람 일 때
더 따뜻이

내 너의 진실을 해 삼아

진실이 담기면
마음이 붉다 한다
진실이 붉은 걸까
마음이 붉은 걸까

성심이 담겨도
마음이 붉다 한다
성심이 붉은 걸까
마음이 붉은 걸까

때로
네 얼굴도 붉다
왜 그럴까
진심에 취한 걸까

고량도
한 여름 해를 받아 붉다
아니

마음 한 조각만 부끄러워도
붉어진다

사랑이 담기니
아니 그렇겠느냐
험한 길도 냉큼 평지처럼 달려온
너를 보고서야
어찌 붉어지지 않겠느냐

마음이 일면
나도 붉고
너도 붉어
온 누리에 불붙어

진실은
저 하늘 끝에서
옷자락 휘날리며 내려오겠지

내 너의 진실을 해 삼아
오늘도
하루를 열고
하루를 닫으리라

모두 기뻐하는
그날이 올 때까지

양창삼

서울대학교 정치학과(학사, 석사)
서울대학교 대학원(경영학석사)
웨스턴일리노이대학교(MBA)
연세대학교 대학원(경영학박사)
총신대학교 대학원(M.Div., Th.M.)
연변과기대 상경대학 학장
한양대학교 경상대학 학장
한양대학교 산업경영대학원 원장
현) 한양대학교 경상대학 경영학부 명예교수, 목사

양창삼의 시집
1. 부르고 싶은 이름들(1966)
2. 성도 예루살렘(1978)
3. 가브리엘의 은빛날개(1982)
4. 그 겨울의 아침바다(1984)
5. 내가 고요를 만날 때(1985)
6. 우리가 사랑을 하는 것은(1987)
7. 비록 더딜지라도(1991)
8. 난 그저 그를 바라보았을 뿐인데(2012)

시화집
1. 달동네: 시 양창삼, 그림 박철현(1987)

난 그저 그를
바라보았을 뿐인데

초 판 인 쇄 ｜ 2012년 12월 31일
초 판 발 행 ｜ 2012년 12월 31일

지 은 이 ｜ 양창삼
펴 낸 이 ｜ 채종준
펴 낸 곳 ｜ 한국학술정보㈜
주   소 ｜ 경기도 파주시 문발동 파주출판문화정보산업단지 513-5
전   화 ｜ 031) 908-3181(대표)
팩   스 ｜ 031) 908-3189
홈 페 이 지 ｜ http://ebook.kstudy.com
E - m a i l ｜ 출판사업부 publish@kstudy.com
등   록 ｜ 제일산-115호(2000. 6. 19)

ISBN   978-89-268-3997-3 03810 (Paper Book)
          978-89-268-3998-0 05810 (e-Book)

이담 Books 는 한국학술정보(주)의 지식실용서 브랜드입니다.